7번째 환생

7번째 환생 6

묘재 장편소설

초판 1쇄 찍은 날 § 2018년 11월 21일
초판 1쇄 펴낸 날 § 2018년 11월 28일

지은이 § 묘재
펴낸이 § 서경석

총괄팀장 § 최하나
편집책임 § 김슬기
디자인 § 고성희, 신현아

펴낸곳 § 도서출판 청어람
등록번호 § 제387-1999-000006호
등록일자 § 1999. 5. 31
어람번호 § 제1-2976호

주소 § 경기도 부천시 원미구 부일로 483번길 40 서경B/D 3F (우) 14640
전화 § 032-656-4452 팩스 § 032-656-4453
http://www.chungeoram.com
E-mail § chungeorambook@daum.net

ISBN 979-11-04-91877-3 04810
ISBN 979-11-04-91777-6 (세트)

도서출판 청어람

FUSION FANTASTIC STORY

묘재 장편소설

7번째 환생

6

Contents

1장
소울 스톤

7번째 환생은 작가의 상상력을 기반으로 창작된 소설로서 실제 상황 및 현실 배경과 다른 내용이 나올 수 있습니다. 또한 본문에 등장하는 지명과 인명은 실제와 관련이 없음을 알려 드립니다.

해가 지나갔다.

신년이 되면 사람들은 너도나도 새로운 각오를 되새긴다.

헬스클럽은 새해를 맞아 운동을 다시 시작하는 사람들로 미어터지고, 독서 모임과 영어 학원도 호황을 누린다.

담배를 피는 사람들도 웬만하면 1월에는 금연을 결심한다.

그러나 작심삼일이란 말이 괜히 있는 게 아니다.

1주, 2주가 지나면 헬스클럽과 영어 학원은 한산해지고, 끊었던 담배를 찾게 된다.

그렇게 어물쩍 시간을 보내면 어느새 여름이 찾아오고, 또 1년이 맥없이 흘러가는 것이다.

하지만 최치우의 1월은 남들과 달랐다.

그는 무의미한 각오와 다짐으로 신년의 기운을 소모하지 않았다.

세상을 놀라게 만든다는 추상적인 목표도 버렸다.

이미 미쓰릴을 찾아 펜타곤과 기술 제휴를 맺었을 때부터 세상은 여러 번 놀라게 만들었다.

최치우는 구체적이고 확실한 목표를 세웠다.

1월의 깜짝 발표를 기점으로 올해 안에 올림푸스 주식을 10배 뛰게 만든다.

주식이 1년에 10배나 뛰는 건 기적에 가깝다.

가끔 특정 종목이 버블로 불타오르면 가능은 하지만, 몇 년에 한 번 나올까 말까 한 일이다.

다른 회사의 CEO가 신년 목표로 주식을 10배 띄우겠다고 말하면 미쳤다는 소리를 들을 것이다.

그러나 올림푸스 내부에서 최치우는 목표를 이상하게 여기는 사람은 아무도 없었다.

소울 스톤의 존재가 발표되면 세상이 뒤집힐 게 불 보듯 뻔했기 때문이다.

최신식 열병합발전소에서 1년 내내 생산하는 것보다 더 많은 에너지를 가진 작은 보석.

어떤 방식으로 에너지를 추출할지가 관건이지만, 주식 시장의 플레이어들에겐 그리 중요한 이슈는 아니다.

개발 중인 치료제에 대한 기대감으로 주식이 몇 배 뻥튀기 되는 세상이다.

그에 비하면 소울 스톤은 더 확실하고 뛰어난 미래 가치를 가진 셈이었다.

최치우는 소울 스톤 공개를 통해 일석삼조의 효과를 볼 거라고 기대했다.

첫째는 올림푸스 주식 가치 상승으로 엄청난 자금을 확보하게 된다.

자금이 모이면 미래 에너지 탐사대를 비롯해 투자가 필요한 영역에 아낌없이 돈을 쓸 것이다.

3천 억짜리 전용기를 사는 것쯤은 일도 아니게 될 것 같았다.

두 번째는 엘리시움 같은 하이에나들을 한 방에 내쫓을 수 있게 된다.

최치우의 경영 방침에 딴지를 걸고, 뉴욕주 법원에 소송을 제기한 엘리시움과 몇몇 주주들은 완전히 할 말을 잃게 될 것이다.

뿐만 아니라 호시탐탐 기회를 보며 최치우가 흔들리기를 바라는 하이에나들도 적지 않다.

소울 스톤이 공개되고, 올림푸스 주가가 폭등하면 하이에나들은 덤빌 엄두를 못 낼 수밖에 없다.

기업이 탄력을 받아 쭉쭉 성장할 때는 외부의 압력 따위는 가뿐히 무시할 수 있기 때문이다.

마지막 셋째 효과는 인재 영입과 관련이 있다.

소울 스톤의 존재가 공식적으로 발표되면 전 세계의 내로라

하는 학자들도 관심을 갖게 될 것이다.

지금은 김도현 교수의 인맥으로 외국 학자들을 미래 에너지 탐사대에 스카웃하고 있다.

하지만 소울 스톤이 공개되면 세계 최고의 석학들이 먼저 안달이 날 확률이 높아진다.

학자의 탐구욕을 우습게 보면 안 된다.

기라성 같은 해외 명문대 교수들이 직접 소울 스톤을 보기 위해서, 그리고 인류 역사에 기록될 연구에 참여하기 위해 한국으로 넘어올 게 분명하다.

소울 스톤 하나 때문에 에너지 분야 연구의 중심이 미국이 아닌 S대 미래 에너지 탐사대로 바뀌는 것이다.

세계의 중심을 서양에서 한국으로 옮겨놓겠다는 최치우의 야망은 허황된 꿈이 아니었다.

그는 벌써 성큼성큼 단계를 밟고 있었다.

일석삼조의 기염을 토할 소울 스톤 발표일이 점점 다가왔다.

다시 한번 여의도로 세계의 이목이 집중될 것 같았다.

* * *

여의도는 한국의 중심지다.

부동산 가격으로 따지면 강남이 버티고 있지만, 정치와 금융이라는 양대 산맥이 여의도를 중심으로 돌아가기 때문이다.

여의도 국회의사당과 금융가에서는 한국의 현재와 미래를

결정하는 수많은 선택이 내려진다.

젊은 직장인들 사이에서는 여의도에서 일한다는 것 자체가 선망의 대상이 될 정도였다.

그렇지만 한국을 벗어나면 여의도라는 지명을 아는 사람을 찾기 힘들다.

강남스타일이라는 히트곡으로 인해 누구나 알게 된 강남보다 지명도에서 철저히 밀린다.

그런데 올림푸스의 활약 이후 세계 언론에 여의도라는 지명이 자주 오르내리게 됐다.

올림푸스의 본사가 여의도에 있고, 국제 기자회견도 항상 여의도 컨퍼런스 홀을 빌려서 열기 때문이다.

이렇듯 한 명의 위인은 엄청난 영향력을 끼칠 수 있다.

최치우는 국내에서만 중심지 역할을 하던 여의도를 세계적인 지역으로 끌어 올렸다.

소울 스톤을 공개하는 기자회견 또한 여의도에서 이뤄진다.

올림푸스가 중요한 발표를 할 때마다 빌리는 대형 컨퍼런스 홀은 기자단에게 익숙한 장소가 됐다.

최치우는 불과 몇 달 전 이곳에서 임시 주총을 개최했었다.

같은 장소에 기자들을 모아놓고 전혀 다른 발표를 하려니 감회가 새로웠다.

"대표님, 준비가 끝났습니다."

올림푸스 직원이 최치우에게 시간을 알려줬다.

초청을 받은 메이저 언론사의 기자들이 모두 자리했다.

최치우의 지시를 받은 홍보팀은 기자들에게 기자회견의 내용을 미리 공개하지 않았다.

그저 참석하지 않으면 두고두고 후회하게 될 거라는 메시지만 전달했다.

기업에서 절대 취할 수 없는 태도지만, 최치우는 개의치 않았다.

소울 스톤이 공개되는 역사적 현장을 놓치면 누구든 뼈저리게 후회할 게 분명하기 때문이다.

일절 소울 스톤에 대한 언급을 하지 않았음에도 컨벤션 홀은 가득 찼다.

기자들은 충분히 알고 있었다.

최치우가 직접 등장하는 발표에서는 반드시 엄청난 뉴스가 터진다는 사실을.

"시작하죠."

최치우는 직원에게 신호를 줬다.

이번 발표는 평소의 올림푸스 프레젠테이션과 많이 다르게 준비했다.

화려한 영상도, 멋들어진 식순도 없다.

자질구레한 효과를 신경 쓸 필요를 느끼지 못했다.

최치우는 철저하게 소울 스톤에만 초점을 맞췄다.

이 세상의 판도를 바꿀 물질 그 자체를 순수하게 보여주려는 것이다.

저벅저벅—

최치우가 대기실 문을 열고 단상 위로 올라갔다.

아나운서의 안내 멘트도, 웅장한 음악도 깔리지 않았다.

수백 명의 주요 기자들이 앉아 있는 컨벤션 홀은 거짓말처럼 조용했다.

다들 최치우의 등장에 숨을 죽이고 있었다.

단상 위는 여전히 어두웠고, 가느다란 핀 조명만 최치우를 따라 움직였다.

"안녕하세요, 올림푸스의 CEO 최치우입니다."

짝짝짝짝짝—!

그가 인사를 건네자 기자들이 박수로 화답했다.

언제나 그렇듯 외신 기자들의 귀에는 올림푸스에서 제공한 동시통역 이어폰이 꽂혀 있었다.

최치우는 잠시 숨을 고르며 서 있었다.

모든 순서를 생략하고 혼자 단상에 올라 가만히 있을 뿐이다.

그럼에도 불구하고 수백 명의 베테랑 기자들은 압도당하는 느낌을 받았다.

24살이 된 최치우는 이미 전 세계가 주시하는 거물이 됐다.

자연스레 뿜어져 나오는 그의 기세는 산전수전 다 겪은 언론인들도 감당하기 힘든 것이었다.

"오늘 이 자리에서 올림푸스는 한 가지 물질을 공개하려 합니다. 그동안 단 한 번도 발견된 적 없는, 오직 올림푸스만이 찾아낼 수 있는 신비로운 물질입니다."

장내가 웅성거리기 시작했다.

올림푸스는 미쓰릴을 찾아내며 이름을 알린 회사다.

펜타곤과의 비밀 유지 조약으로 인해 미쓰릴의 특성은 극비로 다뤄지고 있다.

그러나 올림푸스가 신금속을 발견해 펜타곤과 기술 제휴를 맺었다는 사실은 널리 알려졌다.

그에 맞먹는 신금속을 다시 발견했다면 대특종이다.

기자들은 바쁘게 타이핑할 준비를 마쳤다.

하지만 이어진 최치우의 말은 기자들의 넋을 나가게 만들었다.

"우리는 이 물질에 소울 스톤이라는 이름을 붙였습니다. 독특한 색을 지닌 소울 스톤은… 인류의 미래를 바꾸는 초석이 될 겁니다."

그냥 넘기기에는 너무나 엄청난 선언이었다.

기업 발표에서 으레 나오는 과장법이 아니다.

최치우는 진지해 보였고, 그가 허풍을 떠는 사람이 아니란 건 모두 알고 있다.

촤악—!

핀 조명이 최치우의 옆자리를 비췄다.

동시에 소울 스톤을 가리고 있던 장막이 벗겨졌다.

키 높이의 전시대 위에 붉은빛을 내는 소울 스톤이 놓여 있었다.

투명한 방탄유리 안에 자리한 소울 스톤은 멀리서도 한눈에 알아볼 만큼 영롱한 빛깔을 냈다.

최치우가 샐러맨더의 소울 스톤을 공개한 것이다.

아도니스를 소멸시키고 얻은 푸른빛 소울 스톤은 아직 공개할 때가 아니었다.

김도현 교수가 미래 에너지 탐사대와 함께 그 안에 담긴 에너지를 측정하느라 힘을 쏟고 있었다.

"여기 보이는 붉은 소울 스톤에는 최소 3,000GWh의 에너지가 저장돼 있습니다. 3,000GWh는 대도시에서 1년 동안 소모되는 전기를 생산할 수 있는 어마어마한 에너지입니다. 올림푸스는 S대 미래 에너지 탐사대와 함께 소울 스톤에 대한 연구를 계속하고 있습니다. 여기 담긴 에너지가 영구적인 것인지, 또 이 에너지를 어떻게 추출할지 연구하기 위해 막대한 예산을 투입했던 것입니다."

"와—!"

"하아……."

"오 마이… 언빌리버블!"

기자단 곳곳에서 탄성과 한숨, 감탄사가 흘러넘쳤다.

곧이어 최치우의 등 뒤로 소울 스톤의 에너지 수치를 증명하는 자료가 나타났다.

프로젝션 빔으로 구체적인 증빙 자료를 띄운 것이다.

발표가 끝나면 김도현 교수를 비롯해 세계적인 학자들이 검증한 페이퍼를 각 언론사에 배포할 예정이었다.

"그냥 보석 같은데……. 저 작은 원석에 그만한 에너지가 들어 있다고?"

"뷰티풀……."

어떤 기자들은 소울 스톤의 원초적 아름다움에 빠졌고, 또 누구는 에너지 수치를 연신 쳐다보며 거듭 놀랐다.

최치우는 기자들이 놀라움을 표하고 침착함을 되찾을 때까지 충분한 시간을 줬다.

이윽고 후끈 달아오른 분위기가 조금 진정됐다.

"소울 스톤을 통해 우리는 훨씬 효율적인 에너지 개발을 시도할 것입니다. 그 어떤 대체에너지보다 친환경적이며 동시에 강력한, 인류의 미래를 바꿀 실험이 올림푸스에서 시작됐습니다. 오늘 이 자리에서 공개한 소울 스톤이 전부가 아닙니다. 다른 소울 스톤 또한 확보했습니다. 궁금하신 점이 많겠지만, 원활한 연구를 위해 소울 스톤에 대해서 100% 알려 드릴 수 없다는 사실은 양해를 부탁드립니다. 그러나 확신하건대 지구상의 어떤 회사도 소울 스톤을 찾아낼 수 없을 것입니다. 오직 올림푸스만 소울 스톤으로 세상을 바꿀 수 있습니다."

최치우의 주장에 또 한 번 기자들이 술렁거렸다.

그는 소울 스톤이라는 새로운 물질을 독점한 듯 자신감이 넘쳤다.

사실 당연한 일이다.

누가 정령의 존재를 알고, 또 정령을 소멸시킬 수 있겠는가.

설령 정령을 찾아내도 총이나 미사일 같은 물리력으로는 절대 소멸시킬 수 없다.

이제부터 많은 사람과 기업들, 어쩌면 CIA 같은 정보 조직까지 소울 스톤의 실체를 알아내려 덤빌 것이다.

최치우에게 미행이 붙을 수도 있다.

그러나 소울 스톤을 얻는 것은 최치우에게만 주어진 특권이었다.

오직 올림푸스만 소울 스톤으로 세상을 바꿀 수 있다는 최치우의 말은 진실이다.

오늘 이후 올림푸스는 주목받는 신생 기업의 레벨을 뛰어넘을 것 같았다.

일약 세계의 미래를 책임질 혁신적인 기업으로 각인될 게 확실하다.

최치우가 원하는 대로 일석삼조의 효과는 충분히 거두고 남을 것이다.

다만 최치우에게도 숙제가 생겼다.

소울 스톤을 노리는 손길들로부터 비밀을 지켜내야 한다.

그는 전무후무한 성과와 숙제를 동시에 만든 발표로 세상을 뒤집었다.

과연 최치우와 올림푸스가 그리는 미래는 어떤 모습일지, 이제는 전 세계가 궁금해할 수밖에 없는 상황이 됐다.

24살의 최치우는 세계의 중심으로 맹렬히 질주하고 있었다.

* * *

하루아침에 깜짝 스타가 된 사람들이 자주 하는 말이 있다.

눈 뜨고 일어나니 세상이 달라졌다는 것이다.

올림푸스에게도 같은 말을 쓸 수 있을 것 같다.

최치우가 여의도에서 소울 스톤을 공개하고 난 뒤 참으로 많은 게 달라졌기 때문이다.

우선 최치우는 단순한 영웅이 아닌 살아 있는 신화로 여겨질 만큼 인기와 명성이 높아졌다.

현대인들은 언젠가 석유가 고갈된다는 이야기를 어려서부터 들어왔다.

물론 새로운 유전이 계속 발굴되며 석유 고갈은 먼 이야기가 됐다.

하지만 석유라는 자원이 영원할 수 없다는 건 모두 알고 있었다.

그렇기에 전기차 회사를 비롯해 각종 대체에너지 개발 회사들이 미래 산업으로 주목을 받는 것이다.

그러나 어떤 기업도 올림푸스처럼 혁신적인 발견을 해내지 못했다.

풍력이나 태양력 발전은 여전히 비용에 비해 효율이 떨어진다.

수백만 명이 모여서 살아가는 대도시의 필요 에너지 채우기엔 발전량이 턱없이 모자란다.

기름을 전기로 대체하는 기술 역시 근본적 문제 해결은 아니다.

석유를 쓰는 것보다는 낫지만, 전기를 생산하는 것도 공짜가 아니기 때문이다.

그런데 최치우는 본질적인 해결책을 들고 나왔다.

대도시의 전력 소모량을 만족시키고도 남는 에너지가 담긴 보석을 찾아낸 것이다.

사실 소울 스톤으로 전기를 만들기까지 넘어야 할 과제가 많다.

소울 스톤을 얼마나 확보할 수 있는지도 장담하기 힘든 문제다.

하지만 사람들은 이제껏 존재하지 않았던 가능성에 열광했다.

지속적인 에너지 개발이라는 인류 공통의 미션을 해결할지 모를 단서가 처음으로 등장한 셈이다.

그 기대감은 주가 상승으로 돌아왔다.

최치우가 호언장담한 것처럼 올림푸스의 주가는 한 달 동안 무려 4배가 뛰었다.

30억 달러 부근이던 시가총액은 120억 달러를 돌파했다.

달러를 천 원으로 계산해도 올림푸스 시총이 12조 원을 찍은 것이다.

최치우가 보유한 지분의 가치는 6조를 넘겼다.

자산이 1조 5천억 원일 때도 실감하기 어려웠지만, 6조 원은 비현실적인 숫자다.

이 정도 레벨이면 주식이 4배 올랐어도 실제 생활에서 크게 달라지는 것은 없다.

다만 자금 융통이 수월해져 더욱 공격적인 투자를 할 수 있게 된다.

올림푸스 법인 용도로 3천억을 들여 A350 전용기를 구입한 것도 더 이상 대수롭지 않은 일이었다.

최치우는 순식간에 한국 최고의 부자 랭킹 상위권에 이름을 올렸다.

여전히 1위는 오성그룹의 회장이고, 격차는 수십 조에 달한다.

그렇지만 고작 24살 청년이 한국에서 열 손가락 안에 드는 부자가 됐다.

상속을 받지 않은 순수한 신흥 재벌, 즉 재벌 1세의 탄생이었다.

재벌에 대해 반감이 깊은 국민들도 최치우에게는 박수를 보냈다.

그가 누구의 도움도 받지 않고 스스로 전설을 써 내려가는 모습을 지켜봤기 때문이다.

꿈과 희망이 사라진 시대에 최치우는 유일한 등불이나 다름없었다.

소울 스톤 공개를 기점으로 서점에는 최치우와 올림푸스의 스토리를 다룬 책들이 쏟아지기 시작했다.

예전에도 최치우 신드롬이 사회를 휩쓸었던 적이 있다.

그러나 이번에는 열풍의 강도가 완전히 달랐다.

IMF 시절, 박찬호와 박세리 열풍이 한국을 휩쓸었을 때를 연상시켰다.

최치우는 연예인도 아니고, 운동선수도 아니다.

사람들이 멀게 생각할 수 있는 기업가임에도 21세기 이후 가장 뜨거운 인기를 누리고 있었다.

하지만 최치우는 자신을 향한 환호성에 마냥 취하지 않았다.

그러기엔 해야 할 일들이 너무 많았다.

올림푸스와 자신의 브랜드 가치가 높아진 건 고마운 일이다.

그도 사람이기에 어느 정도는 즐기는 마음도 있었다.

특히 최치우의 경영 방침에 불만을 품은 주주들을 꿀 먹은 벙어리로 만들어서 통쾌했다.

뉴욕주 법원에서 다뤄질 엘리시움과의 소송전도 보나마나 올림푸스가 승소할 거라는 의견이 지배적이었다.

그러나 이럴 때일수록 더더욱 조심해야 한다.

대중은 영웅을 바라보며 열광하지만, 영웅이 추락할 때 더 즐거워하는 법이다.

예전처럼 가볍게 로맨스를 즐기다 자칫 이상한 소문이라도 퍼지면 이미지에 치명상을 입을 수 있다.

유명해지는 게 무조건 좋기만 한 일은 아니다.

주위의 시선도 달라지고, 원래는 그냥 넘어갔을 일도 커지기 쉽다.

왕관을 쓰려는 자, 그 무게를 견디라는 말이 있다.

최치우의 왕관은 찬란하게 빛나는 만큼 무거웠다.

그래서일까.

세상을 흔들어놓은 최치우는 일부러라도 미친 듯 일에 집중했다.

자기 자신에게 틈을 주면 혹시 실수를 할 수도 있기 때문이다.

프라이버시가 보호되는 5성급 호텔의 라운지도 예전보다 불편해졌다.

혹시 모를 도청의 위험도 염두에 둬야 한다.

소울 스톤의 존재를 알린 뒤 최치우도 급격한 변화의 파동을 경험하고 있었다.

동전의 양면처럼 좋은 효과를 거뒀으면 나쁜 것도 감내해야 한다.

그는 불평하지 않고 자신에게 주어진 왕관의 무게를 버텨내려 노력했다.

"요즘 너무 바쁜 거 아니니? 건강을 잘 챙겨야 하는데……."

어머니의 목소리가 귓가를 울렸다.

최치우를 자산 6조 원의 부자가 아닌 걱정스러운 아들로 여기는 단 한 사람이 바로 어머니다.

그는 소울 스톤을 공개한 이후 서대문에 위치한 어머니의 아파트를 자주 찾게 됐다.

마음 편히 집밥을 먹는 게 힘을 충전하는 데 가장 도움이 되는 것 같았다.

"괜찮아요. 틈틈이 운동도 하고, 건강을 지키려 노력하고 있어요."

"그래, 밥도 꼭 제때 챙겨 먹어야 하고. 알겠지?"

"네, 어머니. 보내주신 반찬이랑 음식들 열심히 먹고 있어요."

"오늘도 갈 때 들고 가렴. 미리 좀 싸두었단다."

최치우는 김이 모락모락 올라오는 잡곡밥을 뜨며 고개를 끄덕였다.

분식집을 하는 어머니의 손맛은 알아줘야 한다.

어머니는 최치우가 한국 10위 안에 드는 부자가 됐음에도 계속 작은 가게를 운영하고 있었다.

그 가게도 최치우가 예전에 차려 드린 것이다.

아들이 차려준 가게를 지키며 건강한 생활인으로 살아가는 어머니는 평정심을 잃지 않았다.

인기 연예인의 가족들이 직장을 그만두고 방탕한 생활을 하는 경우는 제법 흔하다.

누군가 영웅이 되면 어떻게든 붙어서 이득을 보려는 사람들이 생긴다.

가족이라고 해서 예외는 아니다.

하지만 최치우의 어머니는 예나 지금이나 달라진 게 없었다.

다세대 반전세에서 브랜드 아파트로, 남의 가게 직원에서 가게 주인으로 환경은 크게 변했다.

아들 덕분에 돈벌이를 신경 쓰지 않아도 된다.

그럼에도 어머니는 여전히 한결같은 모습으로 성실하게 김밥을 만들며 작은 것에 감사하고 만족할 줄 알았다.

최치우는 그런 어머니를 보며 많은 깨달음을 얻었다.

사실 그는 잘 나가는 재벌 총수들을 봐도 배울 게 별로 없었다.

그러나 어머니처럼 사회에서 묵묵히 자기 역할을 해내는 사람들에겐 배울 게 많다.

크든 작든 주어진 몫을 반드시 해내는 성실함, 그리고 하루 일을 마치고 감사함을 느끼는 자세까지.

영혼 없는 재벌들보다 따뜻한 마음을 가진 평범한 사람이 훨씬 귀하다는 사실을 최치우는 어머니를 보며 알게 됐다.

"천천히 먹어, 천천히."

"너무 맛있어서요."

"좋은 거 많이 먹을 텐데… 그래도 맛있니?"

"그럼요. 아무리 비싼 거 먹어도 집밥이랑은 비교 못 해요."

"말이라도 고맙네, 우리 아들."

어머니가 흐뭇한 미소를 지었다.

최치우는 바쁘게 수저를 움직이며 배를 든든히 채웠다.

배가 아니라 마음까지 채워지는 기분이었다.

"그런데 말이다, 치우야. 법원에 가고 그런 일… 안 좋게 끝나지는 않겠지? 괜한 말인 걸 아는데 걱정이 되는구나."

어머니는 이따금 신문지면을 장식한 엘리시움과의 소송전이 마음에 걸린 것 같았다.

최치우는 부드럽게 웃으며 대답했다.

"안 그래도 조만간 뉴욕으로 갈 거예요."

"정말이니? 너가 가야 할 정도로 큰 문제가 된 거야?"

"원래는 대리인을 보내도 되는데, 직접 항복 선언을 받을 생각입니다."

"항복 선언?"

"네. 하이에나들이 백기를 흔드는 걸 제 눈으로 보고 싶어서요."

최치우는 걱정할 필요가 없다는 듯 든든하게 말했다.

괜히 어머니를 안심시키려 지어낸 말이 아니었다.

예정보다 일찍 소울 스톤을 공개한 이유 중 하나가 소송전에서 100% 이기기 위해서다.

그는 소송의 상대편인 엘리시움을 바라보고 있는 게 아니었다.

엘리시움 동아시아 지부장인 루이스 해밀턴도 하수인에 불과하다.

이참에 네오메이슨의 심장부에 타격을 입히고, 과연 누가 구원투수로 등판하는지 지켜볼 것이다.

소울 스톤 덕에 올림푸스 주가가 급상승하며 게임의 승자는 정해졌다.

최치우는 뉴욕에 승리의 깃발을 꽂기만 하면 된다.

"그래, 우리 아들이 그렇게 말하면 믿어야지."

어머니는 최치우의 생각을 다 이해할 수 없어도 자신만만한 모습에 안심했다.

고등학교 3학년 이후 최치우는 항상 말하는 대로 살아왔다.

하나뿐인 아들이 말하면 무조건 믿는 것, 그게 어머니가 최치우를 사랑하는 방식이다.

'금방 보여 드릴게요, 어머니.'

최치우는 새삼 엘리시움과 네오메이슨이 괘씸하게 느껴졌다.

그들 때문에 어머니까지 마음을 졸였기 때문이다.

어차피 곧 뉴욕으로 가서 뼈저린 대가를 치르게 할 것이다.

콧대 높은 미국 금융계의 엘리트들이 최치우 앞에 무릎 꿇을 순간이 머지않았다.

최치우는 어머니가 정성스레 끓인 갈비탕을 먹으며 조용히 칼을 갈고 있었다.

* * *

최치우와 임동혁은 같은 비행기를 탔다.

두 사람이 함께 해외로 이동하는 건 꽤나 오랜만에 있는 일이었다.

임동혁은 조증에 걸린 사람처럼 들떠서 계속 말을 걸었다.

"대표님이랑 나는 유독 뉴욕을 자주 같이 가게 되는 것 같습니다. 안 그렇습니까?"

"......"

최치우는 따로 대꾸를 해주지 않았다.
비행기 안에서라도 편하게 쉬고 싶었기 때문이다.
퍼스트 클래스 좌석은 프라이버시를 보호해 주는 칸막이가 설치돼 있다.
최치우는 매몰차게 좌석 칸막이를 닫고 혼자만의 시간을 즐겼다.
임동혁이 뭐라고 투덜거렸지만 신경도 쓰지 않았다.
소울 스톤을 공개하고 올림푸스 주가가 폭등하면서 임동혁은 한 달 넘게 입이 귀에 걸린 상태였다.
최치우가 상대를 안 해줘도 금방 기분이 풀릴 게 뻔했다.
아니나 다를까.
금방 칸막이 너머에서 임동혁이 승무원과 농담 따먹기를 하는 소리가 들렸다.
어차피 이번에도 퍼스트 클래스 승객은 최치우와 임동혁 둘밖에 없었다.
"언제쯤 철이 들지 모르겠군."
최치우는 고개를 내저으며 랩탑을 켰다.
기내 와이파이는 자동으로 연결돼 있었다.
벌써 비행기를 탄 지 2시간 정도가 흘렀다.
그사이에 중요한 메일이 도착했을 수 있다.
한국 본사뿐 아니라 남아공에서도 업무 보고와 결재 메일을 보내기 때문이다.
최치우가 업무 용도로 사용하는 메일 주소는 아무나 알 수 없다.

올림푸스의 팀장 이상과 소수의 VIP들만 그의 메일 주소와 개인 연락처를 알고 있다.

그들이 최치우에게 쓸데없는 메일을 보낼 가능성은 극히 낮다.

따라서 일단 메일이 왔다 하면 대부분 중요한 내용이다.

"어?"

최치우는 새 메일 1통이란 알림을 확인하고 화면을 손가락으로 클릭했다.

홍보팀장이 메일을 보낸 것이다.

메일을 읽은 최치우는 웃음을 참지 못했다.

박장대소를 터뜨리진 않았지만, 쿡쿡거리며 웃는 소리가 칸막이 밖으로 새어나갔다.

"혼자 뭐가 그렇게 재밌는 겁니까? 같이 좀 웃고 싶습니다, 대표님."

임동혁이 웃음소리를 놓치지 않고 다시 말을 걸었다.

최치우는 인심 좋게 칸막이를 내렸다.

지이이잉—

자동으로 칸막이가 내려가자 임동혁과 눈을 맞출 수 있었다.

"이사님, 내가 방금 무슨 메일을 받았는지 짐작이 되나요?"

"대표님을 웃게 할 메일이라면… 모르겠습니다. LCK 로펌에서 좋은 소식이라도 온 건 아닙니까?"

"뉴욕에 도착하면 바로 만날 건데 LCK에서 왜 메일을 보내겠어요."

"그럼 대체 무슨 메일입니까?"

"홍보팀에서 온 메일입니다."

"에이……."

임동혁은 김이 빠진다는 듯 손사래를 쳤다.

그러나 이어지는 최치우의 말을 듣고 눈을 크게 뜰 수밖에 없었다.

"루이스 해밀턴이 우리 홍보팀장에게 연락을 했습니다. 뉴욕에서 나를 만나고 싶다는군요, 비공개로."

"엘리시움 동아시아 지부장 말입니까?"

"그렇죠. 그리고 비공개 미팅에 에릭 한센과 같이 나오겠다고 합니다."

"그게 무슨……!"

임동혁은 뜨악한 표정을 지었다.

그는 네오메이슨의 실체에 대해 아는 바가 거의 없다.

최치우는 에릭과 루이스 모두 네오메이슨 소속이라 확신하고 있었다.

하지만 임동혁은 뜬금없이 둘이 같이 비공개 미팅을 제안한 게 믿어지지 않았다.

"두 사람이 왜 같이 대표님을……. 아니, 그보다 에릭 한센과 루이스 해밀턴이 서로 아는 사이인 겁니까?"

최치우는 임동혁을 쳐다보며 회심의 미소를 지었다.

"이게 다 소울 스톤 덕분입니다."

"네?"

"뉴욕에 도착해서 보여 드리죠. 에릭과 루이스가 내 앞에서 어떤 굴욕을 당하게 되는지."

세계를 주무른다고 믿으며 한껏 거만하던 사람들이 최치우의 시나리오대로 움직이고 있었다.

최치우는 소울 스톤과 함께 세계의 패권 경쟁에 본격적으로 뛰어들었다.

역사적인 발표 이후 처음으로 다시 찾은 뉴욕에서 한층 달라진 그의 위상을 확인하게 될 것 같았다.

2장
동방의 별

상쾌한 미팅이었다.

막히는 구석이 하나도 없었기에 시간도 30분이면 충분했다.

뉴욕 최고의 로펌이라는 LCK는 만반의 준비를 갖추고 있었다.

만약 올림푸스가 소울 스톤을 공개하지 않았더라도, 그래서 주가가 폭등하지 않았어도 해볼 만한 싸움이었을 것 같았다.

그런데 30억 달러이던 시총이 한 달 사이 120억 달러를 돌파했다.

최치우와 LCK의 파트너 변호사 모두 승리를 낙관하고 있었다.

엘리시움의 소송을 받아들인 뉴욕주 법원도 내심 당황했을 거라는 관측까지 나왔다.

재판을 열기로 결정하긴 했지만, 이후 올림푸스 주가가 기록적인 상승률을 갱신하며 재판의 의미가 퇴색됐기 때문이다.

최치우는 미팅을 마치고 나오며 임동혁에게 말했다.

"역시 어디를 가나 최고는 뭔가 다릅니다. 준비 상황부터 브리핑까지, 아주 깔끔하게 일하네요."

"제가 뭐라고 했습니까. 뉴욕, 아니 미국 최고의 로펌을 섭외했다고 하지 않았습니까. 하하하!"

임동혁은 엠파이어 스테이트 빌딩이 코앞에 보이는 뉴욕 거리에서 시원하게 웃음을 터뜨렸다.

LCK를 한발 빨리 선임한 것은 누가 뭐래도 임동혁의 공로였다.

최치우도 이번에는 임동혁을 타박하지 않고 고개를 끄덕였다.

"소송 잘 마무리하고, LCK와 전속 계약을 맺는 것도 고려해 보죠."

"전속 계약이라면……."

"국내 파트는 사내 법무팀을 따로 만들어야겠지만, 해외 사업이나 국제 분쟁은 LCK에게 법적인 업무를 위탁하면 될 것 같습니다."

"아, 좋은 생각입니다. 추진하도록 하겠습니다."

임동혁은 미처 거기까지는 생각하지 못했다.

당장의 소송전에서 이기는 데에만 집중한 것이다.

그는 몇 수 앞을 내다보는 최치우를 새삼 대단하다는 눈빛으로 쳐다봤다.

최치우는 현재에 충실하면서 항상 미래를 위한 포석을 깔아둔다.

그렇기에 늘 준비된 상태로 미래를 맞이할 수 있었다.

"내 얼굴에 뭐 묻었어요?"

최치우가 자신을 빤히 보는 임동혁에게 퉁명스레 질문을 던졌다.

임동혁은 고개를 저으며 솔직히 대답했다.

"아닙니다. 그냥 무슨 일이 있어도, 절대로 대표님과는 싸우면 안 되겠다는 생각을 했습니다."

"우리가 싸울 일이 있겠습니까? 싱겁게."

최치우는 피식 웃으며 앞서 걸어나갔다.

LCK 사무실과 호텔은 가까운 거리라 걷는 게 더 편했다.

그는 시차로 인한 여독을 풀고, 루이스 해밀턴이 제안한 비공개 미팅 일정을 정할 계획이었다.

소송을 제기한 당사자인 루이스가 뉴욕까지 날아와 최치우를 만나려 한다.

사실 그도 직접 재판에 참석할 필요는 없다.

그럼에도 불구하고 뉴욕에서 최치우를 만나려는 이유는 불보듯 뻔하다.

소송전이 불리하게 전개되고 있으니 이제라도 딜을 하려는 것이다.

게다가 그는 에릭 한센까지 대동하겠다고 말했다.

상황이 급해지니 자꾸 실책이 나오고 있었다.

에릭과 루이스가 같은 편이라는 사실을 알아서 공개한 셈이다.

최치우는 쌀쌀한 뉴욕의 공기를 기분 좋게 들이마셨다.

뉴욕에 올 때마다 전리품을 얻어갔지만, 이번엔 차원이 다를 것 같았다.

적장의 목은 아니어도 팔다리는 확실히 베어 갈 수 있다.

팔짱을 끼고 걸어가는 최치우의 얼굴 위로 싸늘한 미소가 떠올랐다.

그는 적에게 자비를 베풀지 않는다.

아직 새해 분위기가 남아 있는 맨해튼에 차가운 피바람이 불 것 같았다.

*　　　*　　　*

비공개 미팅은 빠르게 성사됐다.

아쉬운 쪽이 분명했기 때문이다.

루이스 해밀턴은 올림푸스 홍보팀에게 먼저 연락을 할 정도로 코너에 몰려 있었다.

최치우는 심지어 그와 직접 통화를 하지도 않았다.

한국에 있는 홍보팀장을 통해 시간과 장소를 조율했다.

아쉬울 게 하나도 없다는 입장을 명확히 보여준 것이다.

그리하여 뉴욕에 도착한지 사흘 째 되는 날, 동시에 뉴욕주 법원의 첫 번째 재판을 이틀 앞둔 날, 최치우는 루이스를 만나게 됐다.

"뉴욕에서 만나니 더 반갑습니다."

최치우가 임동혁과 함께 방 안으로 들어오며 손을 내밀었다.

그는 활짝 웃는 얼굴로 루이스 해밀턴, 그리고 에릭 한센과 악수를 나눴다.

승자의 여유가 묻어 나왔다.

반면 루이스와 에릭의 표정은 굳어 있었다.

특히 에릭은 원래도 새하얀 피부가 더욱 창백해 보였다.

이런 자리에서 최치우를 다시 만나고 싶지는 않았을 것이다.

지이잉— 틱!

악수를 나누고, 자리에 앉는 동안 최치우의 품에서 미약한 신호음이 울렸다.

반경 10m 내외에 도청 장치가 없다는 뜻이다.

최치우는 혹시 모를 사태를 대비해 작은 것도 놓치지 않았다.

유리한 고지를 선점했다고 방심할 수는 없다.

그는 다른 차원에서 방심한 강자들을 쓰러뜨리며 최강자가 됐다.

이제 와서 자신이 똑같은 실수를 할 수는 없는 법이다.

"먼저 갑작스러운 미팅에 응해주셔서 감사합니다, 최치우 대표님."

루이스가 유려한 영어로 인사를 하며 고개를 숙였다.

최치우는 미소를 머금은 채 대답했다.

"별일 아닙니다. 게다가 여기 있는 에릭과는 워낙 친한 사이라서, 언제든 만나야죠."

에릭이 움찔하는 게 보였다.

최치우와 에릭은 서로 이빨을 드러내며 선전포고를 마친 사이다.

이후로는 최치우의 연전연승이 계속되는 중이었다.

"음… 두 분이 막역한 사이인 줄은 몰랐습니다."

루이스는 금시초문인 듯 에릭과 최치우를 번갈아 쳐다봤다.

하지만 에릭은 입술을 깨물고 말없이 앉아 있을 뿐이었다.

그의 얼굴에서 냉기가 풀풀 풍겼다.

예전 같으면 속을 알 수 없는 포커페이스로 느껴졌을 것이다.

그러나 지금은 다르다.

난생 처음 최치우라는 강적을 만나 펀치를 얻어맞은 에릭은 당황하고 있었다.

그 마음을 감추기 위해 일부러 더 냉정한 표정을 짓는 것뿐이다.

여동생 델피 한센의 스캔들부터 시작해 최치우는 인정사정 봐주는 게 없다.

한번 물면 끝까지 놓지 않는다.

전사의 본능으로 덤벼드는 최치우를 감당하기엔 에릭은 온실 속 화초였다.

윌스트릿의 천재, 잔혹한 기업 사냥꾼도 적수를 잘못 만난 것이다.

"아무튼, 바로 본론을 이야기해 주면 고맙겠습니다. 아시다시피 시간이 많지 않아서."

최치우는 루이스를 쳐다보며 말했다.

순간 루이스의 눈썹이 찌푸려질 듯 흔들리다 말았다.

그는 결코 시시한 사람이 아니다.

엘리시움이라는 초거대 펀드의 동아시아 지부장이다.

세계 어디를 가도 VIP로 극진한 대우를 받는데 익숙했다.

그런데 오늘은 최치우에게 시간을 뺏는 귀찮은 손님으로 여겨지고 있었다.

평소 같으면 상상도 할 수 없는 일이다.

하지만 참고 또 참을 수밖에 없었다.

엘리시움이 먼저 칼을 뽑았는데 제대로 휘두르지도 못하고 물러설 처지가 됐기 때문이다.

"이틀 뒤면 법원에서 첫 번째 재판이 열리는데… 엘리시움에서는 고소를 취하하려 합니다."

예상했던 그대로다.

이길 가능성이 낮아졌다는 건 하늘도 알고, 땅도 안다.

그러나 루이스는 마냥 꼬리를 말진 않을 것이다.

뭐라도 얻어내기 위해 딜을 제시할 확률이 높았다.

"사실 올림푸스가 유리한 입장에 섰다는 것을 부인하지 못하겠습니다. 그래도 끝까지 소송전이 진행되면 올림푸스의 이미지도 악화되지 않을까요. 만에 하나, 엘리시움과 주주 연합이 승소하거나 우호적인 판결을 받을지도 모릅니다. 이곳은 미국이라는 걸 기억해 주십시오, 대표님."

루이스의 이야기 내용은 협박에 가까웠지만, 태도는 간곡히 설득을 하는 사람 같았다.

괜히 끝까지 가면 서로 좋을 게 없으니 적당히 합의를 하자는 것이다.

최치우는 선불리 답하지 않고 이야기를 끝까지 듣기로 했다.

임동혁이 뭐라고 말하며 나서려는 것도 제지했다.

"계속 들어보죠, 지부장님의 생각을."

"소송을 취하하는 대신……."

루이스가 조건을 말하려는 찰나, 에릭이 입을 열었다.

"여기서부턴 제가 말하겠습니다."

그는 차갑게 가라앉은 눈빛으로 루이스에게 양해를 구했다.

곧이어 에릭이 최치우를 똑바로 바라보며 말했다.

"최 대표님, T 모터스에서 확보한 우호 지분을 전량 매각해 주길 바랍니다. 그럼 엘리시움은 이번 소송을 포기하겠습니다. 아울러 올림푸스의 경영권을 침해하는 일이 없도록 보유 지분을 매도할 의사도 있습니다."

에릭은 다른 사람들이 있는 만큼 격식을 갖춰서 이야기를 풀어나갔다.

조건 자체도 나쁘지 않았다.

소송만 포기하는 거라면 올림푸스에서 받아줄 리 없다.

그렇기에 엘리시움이 가진 올림푸스 주식을 팔겠다는 것이다.

임동혁은 눈을 크게 떴다.

오성그룹을 약탈한 엘리시움이 손을 털고 나가면 앞으로 경영권 분쟁을 신경 쓸 필요가 없어진다.

다른 금융자본도 완벽한 승리를 거둔 올림푸스를 함부로 노리지 못할 것이다.

만약 임동혁에게 결정권이 있었다면, 그는 분명 루이스와 에릭의 딜을 받았을 터였다.

하지만 최종 결정권자는 최치우다.

최치우는 여전히 은은한 미소를 지은 채 에릭에게 대답했다.

"T 모터스 주식이라면 한국의 전금녀 여사가 매입한 것 같은데, 우리와는 상관이 없습니다."

"선수끼리 이럴 겁니까? 내가 T 모터스와 드림 모터스에 공을 들이는 걸 알고 방해하려는 수작임을… 설마 모를 거라 생각했나요?"

"어떻게 생각해도 좋습니다만, 팁을 드리죠. 전금녀 여사님도 전기차 산업에 관심이 아주 많습니다. T 모터스의 경영 정상화를 위해 주주로서 노력을 기울일 겁니다."

"치우 최!"

결국 에릭이 먼저 최치우의 이름을 불렀다.

낮게 깔린 목소리에는 분노가 담겨 있었다.

전금녀가 갑자기 주식을 대량으로 매입한 덕분에 T 모터스 주가는 기준선을 유지하게 됐다.

주가를 인위적으로 떨어뜨려 장난을 치려던 에릭의 계획이 어긋난 것이다.

이제라도 전금녀가 빠지면 주도권은 다시 에릭의 손으로 돌아간다.

그러나 최치우는 그렇게 되는 것을 용납할 생각이 없었다.

단순히 에릭을 공격하기 위해서만은 아니었다.

가능성을 보이는 전기차 회사를 살리는 게 인류의 미래에 도움이 되기 때문이다.

외부에서 괴롭히지만 않으면 T 모터스는 언젠가 대박을 낼 것 같았다.

그렇게 되면 전금녀가 보유한 주식 가치도 대폭 오르게 된다.

어떻게 생각해도 답은 명확하다.

에릭과 네오메이슨의 탐욕을 위해 전기차 회사를 망가뜨리게 놔둘 순 없었다.

"에릭, 옛정을 생각해서 친절히 설명해 주도록 하겠습니다. 루이스 지부장님도 잘 들어주면 좋겠군요."

최치우는 한 템포 숨을 골랐다.

자신을 노려보는 금융계의 두 거물에게 치명상을 입힐 시간이 왔다.

"올림푸스가 소울 스톤을 공개하지 않았다면, 그래서 주가가 폭등하지 않았다면 어떻게 됐을까……. 미국이라는 홈그라운드에서 지저분한 소송전이 벌어지고, 엘리시움은 소송을 취하하는 대가로 올림푸스의 주식이나 사업권을 요구했겠죠. 오성그룹을 약탈했던 방식 그대로. 아닙니까?"

루이스는 아무 말도 할 수 없었다.

당연히 그렇게 될 줄 알고 시작한 소송이기 때문이다.

"그런데 이제 와서 협상을 하자. 칼을 들고 나를 찌르려다가 도리어 반격을 당하게 되니까 협상이라, 세상을 그렇게 편하게 살면 안 되죠. 칼을 뽑았으면 누군가는 반드시 피를 봐야 합니다."

말이 길어질수록 최치우의 몸에서 살기가 뿜어져 나왔다.

얼굴은 웃고 있지만, 목소리에 담긴 기운은 서늘하기 그지없었다.

최치우가 내뿜는 기운은 보통 사람이 감당할 수 있는 수준이 아니다.

에릭과 루이스는 보이지 않는 힘에 짓눌리는 듯 식은땀을 흘리기 시작했다.

옆에 앉은 임동혁도 덩달아 체한 기분이 들 정도였다.

"소송을 취하하는 대가는 아무것도 없습니다. 대신 백기를 들고 꼬리를 내릴 수 있는 기회를 드리죠. 그러나 여기서 물러나지 않으면 향후 엘리시움을 상대로 경영 침해 및 무고로 역소송을 걸겠습니다."

"그, 그런……."

루이스가 이마에 홍건히 맺힌 땀을 닦으며 탄식을 흘렸다.

최치우는 그를 쳐다보지 않았다.

불꽃처럼 타오르는 최치우의 눈동자는 에릭을 주시하고 있을 뿐이었다.

"네오메이슨이 무슨 수를 써도 올림푸스를 건드릴 순 없을 겁니다. 하지만 나는 얼마든지 당신들이 지배하는 세계를 공략할 수 있습니다. 소울 스톤의 등장으로 다른 대체에너지 개발 회사의 주식이 폭락하면서 손해를 많이 봤죠? 게다가 전기차 회사는 마음대로 가지고 놀 수 없게 됐고."

"……."

에릭은 입이 열 개라도 할 말이 없었다.

모두 최치우의 말대로 현실이 됐기 때문이다.

"이제 시작입니다, 에릭. 당신은 날 막을 수 없어요. 그 뒤에 있는 누군가… 빨리 나와야 할 겁니다."

얼음성 같은 에릭 한센의 멘탈이 부서지는 소리가 귓가로 들리는 듯했다.

최치우는 임동혁에게 장담한 것처럼 에릭과 루이스에게 씻기 힘든 굴욕을 안겼다.

처음 맨해튼에서 에릭을 만났을 때는 천외천처럼 그가 멀게만 느껴졌었다.

그런 에릭이 상처를 입고 한쪽 무릎을 꿇었다.

최치우는 서방 세계를 뒤흔든 무자비한 침략자 징기스칸처럼 동방의 별로 떠오르고 있었다.

*　　　*　　　*

뉴욕에서 이뤄진 비밀스러운 미팅은 최치우의 일방적 통보와 함께 끝났다.

받아들이느냐는 엘리시움이 판단할 문제다.

최치우는 그들이 어떤 선택을 하든 상관없었다.

확실하게 이기는 싸움을 만들었기 때문이다.

미팅을 마치고 나오는 길, 임동혁이 옆에서 그답지 않게 호들갑을 떨었다.

"아니, 진짜, 비행기 안에서 기대하라고 했지만 설마……."

"이사님, 미국 왔다고 한국말 까먹었어요?"

"그게 아니고… 천하의 에릭 한센이 이렇게 당하는 모습을 내 눈으로 볼 줄은 몰랐습니다."

"내가 굴욕을 선사할 거라고 했잖아요."

"그래도 이 정도일 줄은… 저 인간, 진짜 콧대 높고 자존심 강하지 않습니까. 아마 며칠은 잠을 못 잘 겁니다."

"어떻게 에릭을 코너로 몰 수 있었는지, 비결을 가르쳐 줄까요?"

최치우의 말에 임동혁이 눈을 크게 떴다.

그는 혹시라도 최치우가 마음을 바꿀까 봐 얼른 대답했다.

"당연히 알고 싶습니다. 월스트릿의 천재를 무너뜨리는 과정을 옆에서 지켜봤지만… 보면서도 불가사의했습니다."

"아직 완전히 무너진 건 아니죠. 치명상은 입혔지만. 아무튼 비결은 별거 없습니다."

최치우는 쌀쌀한 바람에 코트 옷깃을 여미며 숨을 골랐다.

콘크리트 정글인 뉴욕 맨해튼을 가로지르며 비즈니스 비법을 알려주려니 기분이 묘했다.

썩 잘 어울리는 배경인 것이다.

"인정사정 봐주지 마라."

"네?"

"간단하죠. 하지만 아무나 못 지키는 비결입니다."

"음……."

임동혁은 뭔가 와닿는 듯 신중한 얼굴이었다.

최치우는 걷는 속도를 올리며 말을 이어갔다.

"에릭 한센의 자산은 올림푸스의 시가총액보다 많다고 알려져 있습니다. 그만한 강자를 상대하기 위해서는 더 독해지는 수밖에 없습니다. 그의 하나뿐인 여동생, 델피 한센을 먼저 감옥에 집어넣어서 여기까지 올 수 있었던 겁니다."

시작은 에릭이 먼저 했다.

아프리카의 레드 엑스를 움직여 헤라클래스 대원을 죽게 만들었다.

하지만 그 뒤로 계속된 최치우의 복수는 집요하고 정확했다.

델피 한센의 스캔들을 터뜨려 구속시킨 건 결정적 한 방이었다.

그때부터 에릭은 냉정함을 잃었고, 이리저리 흔들리며 최치우에게 굴욕을 당하는 지경에 처했다.

"사실 그때는 저도 대표님이 피도 눈물도 없는 사람이라고 생각했습니다. 여동생까지 건드리는 걸 보고……."

임동혁이 솔직한 심정을 털어놓았다.

최치우는 피식 웃으며 대답했다.

"이사님도 생각보다 순진하군요. 싸움에 비겁한 게 어디 있습니까. 내 식구들이 죽거나 다치게 생겼는데 정도만 고집한다면……. 그냥 망해야죠."

최치우가 아무렇지 않은 듯 담담하게 내뱉은 말은 화살처럼 임동혁의 심장을 찔렀다.

제아무리 미친놈이라고 자부하며 살아도 그는 재벌 2세다.

날 때부터 온실 속 화초였고, 최치우를 만나 진짜 세상에 눈뜨고 있었다.

임동혁이 섬뜩함을 느끼며 자신을 되돌아보는 동안 최치우는 무림을 떠올렸다.

명분만 고집하다 천마에 의해 멸망 직전까지 내몰렸던 정파무림의 답답함이 생각났다.

그에게는 비즈니스도 실제 전투와 다를 게 없었다.

주먹과 칼로 싸우느냐, 돈과 기술로 싸우느냐.

단지 그 차이일 뿐이다.

"루이스 해밀턴이 소를 취하하겠습니까?"

한참을 깊은 생각에 잠겨 말이 없던 임동혁이 다시 질문을 던졌다.

최치우는 구글맵으로 현재 위치를 확인하며 무심하게 말했다.

"취하할 겁니다."

"지금 취하하면 얻는 것 없이 망신만 당하는 꼴인데… 정말 그러겠습니까?"

"버티면 더 큰 망신을 당하게 되겠죠. 잃는 건 점점 늘어나고. 루이스와 에릭은 머리가 나쁜 사람들이 아닙니다. 이쯤에서 손해를 수습하려 들 겁니다. 어차피 우리 주식이 오르는 바람에 자기들도 이득을 봤고. 대신 다른 작전을 짜면서 다음 기회를 노릴 것 같군요."

최치우는 마치 남 이야기를 하듯 태연했다.

이유는 간단했다.

이미 승부가 끝난 싸움이다.

지나간 싸움에 의미를 부여하는 건 강자의 몫이 아니다.

어쩌다 한 번 겨우 이기는 사람이나 승리의 축배를 터뜨리기 바쁘다.

언제나 이겨야 하는 사람, 반드시 이기는 사람은 늘 다음 싸움을 준비하는 법이다.

최치우는 큰 산처럼 느껴지던 에릭에게 수치심을 안겨줬지만 기고만장하지 않았다.

만약 벌써 목표를 다 이뤘다고 생각해 방심하면 언제든 에릭에게 복수를 당할 수도 있다.

에릭이 최치우 때문에 큰 손해를 봤지만, 아직 그의 자산과 영향력은 건재하다.

뿐만 아니다.

에릭 한센을 전면에 내세운 네오메이슨의 실체는 더더욱 거대할 것이다.

최치우는 빌딩 정글을 걸으며 마음을 다잡았다.

서방 세계를 굴복시킨 징기스칸은 마냥 행복하기만 했을까.

그 누구도 이해할 수 없는 고독을 느끼며 싸웠을 게 분명하다.

정상의 외로움을 이겨내야만 역사를 창조할 수 있다.

최치우는 세상과의 싸움보다 험난한 자신과의 싸움을 시작했다.

지난 한 달, 기록적 성장을 갱신했던 올림푸스는 적당히 멈출 것 같지 않았다.

고독한 군주의 마음을 품은 최치우가 건재한 이상, 올림푸스는 끝없이 질주하는 야생마처럼 달려 나갈 것이다.

* * *

하루가 지나고, 엘리시움은 재판을 관할하는 뉴욕주 법원에 소송 취하서를 제출했다.

많은 언론들이 올림푸스와 엘리시움의 소송전을 기대하고 있었다.

기사로 쓰기 딱 좋은 흥미진진한 구도가 형성됐기 때문이다.

소울 스톤이라는 신물질을 공개하며 세계 시장의 판도를 바꾸고 있는 아시아의 신성, 올림푸스.

금융계의 약탈자로 악명이 자자한 월스트릿의 전통적인 강자, 엘리시움.

동양과 서양.

신흥 세력과 전통 세력.

대체에너지라는 신기술을 무기로 삼은 회사와 금융이라는 숫자를 무기로 삼은 회사.

모든 면에서 대척점에 위치한 두 회사의 싸움은 영화로 만들어도 손색이 없을 것 같았다.

그러나 법원에서 칼을 휘두르기도 전에 싱겁게 결판이 난 것이다.

올림푸스 쪽으로 승기가 기울어져 있었지만, 엘리시움이 먼저 꼬리를 내린 건 이변이었다.

엘리시움은 누구도 무시할 수 없는 금융계의 하이에나다.

그들은 오성그룹 같은 사자마저 물어뜯어 원하는 것을 얻어낸 전력이 있다.

그런데 올림푸스를 상대로 개망신을 당한 것이다.

이제껏 엘리시움이 먼저 칼을 뺐다가 아무것도 못 하고 도망간 적은 없었다.

냉철한 전략가로 유명한 루이스 해밀턴이 올림푸스 임시 주주총회에서 살짝 흥분했고, 그로 인해 건잡을 수 없는 사태를

겪게 됐다.

물론 최치우가 처음부터 모든 것을 의도하진 않았다.

주어진 상황에 맞춰 최선을 다했을 따름이다.

하지만 사람들, 특히 말 지어내기 좋아하는 기자들 눈에는 임시 주총에서 돈보다 비전이 중요하다며 사자후를 터뜨린 것조차 치밀한 계산으로 보였다.

문제의 발언이 아니었다면 루이스가 섣불리 이빨을 드러내지도 않았을 것이다.

사실 계산된 결과이건 우연의 일치이건 그런 건 그리 중요하지 않다.

중요한 건 최치우가 끊임없는 시험을 이겨내고 우뚝 섰다는 사실이다.

엘리시움은 최치우라는 젊은 CEO를 세계 무대에 검증해 준 꼴이 됐다.

단순히 자기 영역에서만 빛나는 전문가는 꽤 많다.

또 비즈니스 능력을 갖춘 전문 경영인도 적지 않다.

그러나 전문가의 위상과 경영 능력을 동시에 갖춘 인물은 매우 드물다.

최치우는 연이은 프로젝트 성공과 소울 스톤 공개로 전문가임은 확실히 입증했었다.

다만 나이가 어리다 보니 경영 능력에 대해서는 물음표를 받을 수밖에 없었다.

작은 회사를 운영하는 것과 대기업을 운영하는 것은 천지

차이다.

회사의 규모가 커지면 예전에는 발생하지 않았던 자질한 문제들이 엄청나게 발목을 잡는다.

최치우도 계속해서 여러 시험을 경험하게 될 것이다.

하지만 엘리시움의 공격을 막아낸 것은 값진 경험이었다.

올림푸스를 바라보는 시선이 달라졌다는 것은 뉴욕에서도 감지 됐다.

소울 스톤, 주가 폭등, 엘리시움 격퇴.

세 가지 키워드가 최치우의 리더십을 굳건히 받쳐주고 있었다.

세계 수도라는 뉴욕의 거물들도 한국에서 날아온 젊은 CEO 최치우를 궁금해했고, 진심으로 인정할 수밖에 없었다.

"뉴욕 타임즈 인터뷰? 흐음… 그건 좀 고민되는데, 팀장님 생각은 어때요?"

최치우는 한국에서 걸려온 전화를 받고 있었다.

엘리시움의 소송 취하 소식이 알려지고, 여기저기에서 인터뷰 요청이 쇄도했다.

웬만한 인터뷰는 다 거절하지만, 뉴욕 타임즈에서 1면을 내주면 이야기가 달라진다.

최치우는 한국에서 밤낮 없이 바빠진 홍보팀장의 의견을 물었다.

리더라고 해서 모든 것을 혼자 결정할 필요는 없다.

때로는 유능한 직원의 의견을 들어주는 것, 그게 진짜 리더의 덕목이다.

―저는 하시는 게 낫다고 생각 되어요, 대표님. 우리나라에서 NYT 본지 1면에 인터뷰가 실린 사람은 아직까지 아무도 없었어요.

"국내 최초라면 의미가 있겠군요. 일정 잡아주세요."

최치우는 홍보팀장의 의견을 흔쾌히 받아들였다.

대한민국 첫 번째라는 설명을 들으니 없던 욕심도 생겼다.

―대표님, 그런데 NYT에서 분명 소울 스톤에 대해 자세히 물어볼 것 같아요. 한국 언론처럼 사전 질문으로 필터링을 하긴 힘든데 괜찮으시겠어요?

"아무리 물어봐도 우리가 공개할 수 있는 수준만 언급하면 되니까, 괜찮습니다."

―네, 홍보 관점에서는 인터뷰 초점이 소울 스톤보다 대표님 개인 위주로 맞춰지는 게 낫거든요. 그래야 대표님과 올림푸스 전체 브랜드 이미지 확립에도 더 크게 도움이 되구요.

"그 부분 염두에 둘게요."

―감사합니다. 인터뷰 사진도 꼭 저희가 고르게 해주세요. 아니다, 제가 NYT에 따로 요청해 두겠습니다. 신경 쓰지 마세요, 대표님.

"우리 팀장님 덕분에 든든하네. 한국은 지금 새벽일 텐데, 안 피곤해요?"

―피곤해도 버텨야죠. 대표님 시간에 맞춰서 일하는 거 다이나믹해서 좋아요.

"마음에 없는 소리 같지만, 어쨌든 땡큐. 한국 가서 봅시다."

—네, 일정 마무리 잘하고 오셔요. 이사님께도 안부 부탁드릴게요.

"오케이."

최치우는 기분 좋게 전화를 끊었다.

각 분야 최고의 전문가들이 넘치는 열정으로 최치우를 보좌하고 있다.

그들을 위해서라도 반드시 올림푸스를 세계 최고의 기업으로 만들 것이다.

"딱 좋네, 딱 좋아."

최치우는 호텔 유리 너머로 맨해튼 전경을 내려다보며 미소를 지었다.

마천루 위로 무엇보다 밝게 빛나는 별이 떠오르고 있었다.

최치우라는 이름의 별은 사방으로 서광을 발산하기 시작했다.

어둠은 밤보다 빛나는 별을 잡아먹으려 하겠지만, 최치우의 눈부신 광휘는 쉽게 사그라지지 않을 것 같았다.

불과 2년 전, 최치우는 거물들만 모이는 맨해튼 파티에서 아웃사이더 취급을 받았다.

그러나 단기간에 NYT 1면에 실리는 인터뷰를 부탁받는 처지가 됐다.

맨해튼, 뉴욕, 그리고 서부 실리콘밸리에서도 최치우와 올림푸스를 주목하고 있었다.

한 달 사이 급등한 시가총액 120억 달러, 우리 돈 12조는 결코 과대평가된 거품이 아니다.

오히려 올림푸스가 그려나갈 미래에 비하면 여전히 저평가를 받은 것인지 모른다.

징기스칸도 처음에는 그저 동양의 폭군 정도로만 여겨지다 눈 깜짝 할 사이에 서방 세계를 모조리 무너뜨렸다.

진군의 깃발을 든 최치우는 동경과 함께 본능적인 경계심을 불러일으키고 있었다.

몽골 기병이 역사에 새긴 서방 세계의 악몽을 올림푸스가 재현할 지도 모를 일이다.

그렇게 역사는 돌고 도는 것이다.

3장

7서클 마법사

최치우와 임동혁은 첫 번째 재판을 보기 위해 뉴욕으로 날아왔다.

하지만 엘리시움이 백기를 들고 물러서며 재판 자체가 취소됐다.

뉴욕 출장의 가장 큰 목적이 다소 시시하게 해소된 셈이었다.

두 사람은 며칠 더 뉴욕에 머물면서 월스트릿, 즉 월가의 동향을 파악하기로 했다.

미우나 고우나 뉴욕 월가는 세계 금융의 중심지다.

월가에서 관심을 가지는 종목은 반드시 한 번은 뜬다.

물론 한국에서도 월가의 소식을 알아낼 수 있다.

그렇지만 역시 현장에서 직접 부딪치며 몸으로 느끼는 것과는 비교하기 힘들다.

최치우는 월가의 모든 금융회사에서 초특급 VIP로 모시는 인물이 됐다.

올림푸스 주식이 폭등하며 개인 금융자산만 무려 6조 원대로 치솟았기 때문이다.

그가 마음을 먹으면 수천억 원도 투자할 수 있다.

지금 같은 자금력을 미리 갖췄다면 전금녀의 도움을 구하지도 않았을 것이다.

"아직 버블이 아닙니다. 앞으로 3개월이면 2차 버블현상이 시작될 것입니다. 늦어도 한 달 안에는 결정을 하셔야 상승장에 올라탈 수 있습니다."

최치우는 열변을 토하는 펀드매니저를 쳐다보고 있었다.

땀을 뻘뻘 흘리며 금발을 쓸어 넘긴 중년의 백인은 평범한 회사원이 아니다.

월가에서 다섯 손가락 안에 드는 금융회사의 임원이었다.

"그러니까 전자화폐, 비트코인이나 이더리움이 답이다. 심플하게 요약하면 이렇군요."

"네, 대표님. 구체적인 투자 전략과 목표 수익률 전망은……."

"그거야 계약을 체결하고 들어야죠."

"정확하십니다."

브리핑을 마친 펀드매니저가 미소를 지었다.

그는 어떻게든 최치우를 사로잡고 싶은 티를 팍팍 내고 있었다.

대부분의 금융회사는 외부 자금을 투자받아 대신 운용하며 이득을 남긴다.

그래서 최치우 같은 VIP는 1 대 1로 브리핑을 들을 수 있는 것이다.

그 과정에서 자연스레 중요한 정보들이 노출된다.

서 있는 위치가 달라지면 접할 수 있는 정보의 수준도 달라지는 법이다.

어쩌면 그런 이유로 부익부 빈익빈 현상이 가속화되는지도 모른다.

현대 사회에서 정보는 곧 힘이기 때문이다.

“브리핑 잘 들었습니다. 검토 후 다시 연락을 드리겠습니다.”

“귀한 시간 내주셔서 감사합니다, 대표님.”

최치우는 미련 없이 자리에서 일어났다.

극진한 배웅을 받으며 고층 빌딩 밖으로 나온 최치우는 한숨을 내쉬었다.

빌딩 입구에는 뉴욕에서 그의 다리 역할을 하는 전용 리무진이 대기하고 있었다.

철컥―

운전기사가 차 문을 열어줬다.

가볍게 목례를 한 최치우는 안방처럼 넓은 리무진 뒷좌석에 앉았다.

그는 차 안에 있는 미니 냉장고에서 음료수를 꺼내 마셨다.

이틀 동안 네 곳의 금융회사와 미팅을 진행했고, 뉴욕 최고로 손꼽히는 펀드매니저들의 브리핑을 들었다.

그런데 미팅을 끝나고 나오면 항상 답답한 기분이었다.

“다들 단기적 이익만 좇고 있어. 변화를 만들 생각은 하지 않고, 흐름을 따라갈 생각뿐이군.”

최치우는 짧은 혼잣말로 월가에 대한 인상을 정리했다.

펀드매니저들은 어떻게 하면 돈을 벌 수 있는지 정확히 알고 있었다.

하지만 그게 전부다.

장기적인 산업의 발전, 시대의 변화, 미래 사회의 미션 등 본질적인 문제는 고려 사항이 아니었다.

“돈만 벌고 싶었으면 부동산을 했겠지.”

최치우는 넥타이를 느슨하게 풀며 쓴웃음을 지었다.

돈을 버는 빠른 방법은 널려 있다.

일단 여유 자산이 일정 규모를 넘어가면 돈 넣고 돈 먹기를 할 수 있다.

오를 게 분명한 지역에 부동산을 사는 것, 또는 펀드매니저들이 추천하는 주식을 사는 것.

그러나 올림푸스는 돈만 버는 회사가 아니라 세상을 바꾸면서 돈도 버는 회사다.

수익을 내기 위해 투자를 하더라도 인류의 문제를 해결하는 기업 주식을 사고 싶었다.

단순히 버블이 예상되니 올라타라는 말은 따를 생각이 없었다.

최치우는 월가에서 일하는 세계 최고의 펀드매니저라면 뭔가 다를 줄 알았다.

그렇지만 가슴을 울리는 브리핑은 듣지 못했다.

"계속해서 나의 길을 가는 수밖에."

소득이 아예 없는 건 아니었다.

최치우는 원대한 비전을 추구하는 올림푸스 스타일이 옳다는 확신을 얻었다.

투자 기관의 평가에 얽매일 필요 없이 우직하게 직진하면 될 것 같았다.

이제 세상의 평가에 좌우될 레벨은 지났다.

평가 기준 자체도 최치우 스스로 만들면 된다.

뉴욕에서의 일정을 마친 최치우는 새로운 가능성을 목도했다.

세상 사람들은 올림푸스의 현재에 감탄하기 바쁘지만, 그는 더욱 창대해질 미래를 그리고 있었다.

*　　　*　　　*

가성비라는 말이 있다.

가격 대비 성능비의 줄임말로 팍팍한 살림살이에 지친 사람들이 최대한의 효율을 추구하는 게 트렌드가 됐다.

가성비 좋은 옷, 가성비 좋은 음식 등 비용 대비 혜택이 월등할 때 칭찬처럼 수식어가 붙는다.

그런 면에서 올림푸스는 압도적인 가성비를 자랑하는 회사였다.

기업의 재무는 복잡하지만, 매출과 이익을 구분해서 보면 간단하다.

매출이 아무리 많아도 영업이익이 낮으면 실제로 버는 돈은 적다는 뜻이다.

반대로 매출은 적어도 영업이익이 높으면 알짜 사업을 하는 셈이다.

물론 언제나 이렇게 단순한 공식이 성립되는 것은 아니다.

이익률이 높아도 매출이 적으면 회사가 성장하기 어렵다.

해당 비즈니스의 시장 규모 자체가 작다는 뜻일 수도 있기 때문이다.

그러나 분명한 것은 매출 대비 이익이 높은 회사가 튼튼하다는 사실이다.

올림푸스는 남아공에서 엄청난 비용이 들어가는 광산 개발 사업을 하고 있다.

그렇지만 회사의 매출이나 시가총액에 비해 직원 수가 매우 적은 편이다.

게다가 꾸준히 초고가에 팔리는 해독제 프로메테우스는 생산 안정화 단계에 접어들었다.

거의 비용을 들이지 않고 이익만 볼 수 있게 된 것이다.

남아공 개발비와 헤라클래스 유지비, 그리고 미래 에너지 탐사대에 막대한 연구비용을 투자하고 있지만, 그럼에도 불구하고 올림푸스의 이익률은 높은 편이었다.

이럴 때 필요한 게 인력 충원이다.

한 층을 통째로 쓰는 여의도 사무실은 무척 넓었고, 수십 명을 더 뽑아도 공간은 넉넉할 것이다.

최치우는 여의도 본사와 남아공 본부 양 측의 인력을 대폭 늘리기로 결정했다.

그래도 여전히 시가총액에 비하면 직원 숫자가 적은 편일 수밖에 없다.

시총 16조 원이면 대한민국에서 10위 안에 들어간다.

임동혁이 물려받을 한영그룹 시가총액을 추월하는 것도 가시권에 들어왔다.

재계 서열 10위에 들었다는 것은 상상 이상으로 엄청난 의미를 지닌다.

말 그대로 최치우는 24살에 재벌 1세이자 대기업 오너가 된 거나 마찬가지다.

보통 대기업이 수천 명을 직접 고용하는 것과 다르게 올림푸스는 남아공 본부를 합쳐도 150명이 안 된다.

소수 정예를 추구하는 최치우의 철학이 반영된 결과지만, 인력 풀을 늘릴 필요는 있다.

예전처럼 최치우가 일일이 지원자를 선발하긴 어렵다.

그는 임동혁과 백승수에게 신입 및 경력 직원 채용을 맡겼다.

남아공에는 이시환이 버티고 있으니 걱정할 게 없었다.

헤라클래스 대원들도 리키에게 일임해 추가로 선발할 예정이었다.

임동혁, 백승수, 이시환, 그리고 리키까지.

모두 최치우의 수족 같은 사람들이기에 채용이라는 민감한 문제를 맡겨도 될 것 같았다.

그들이라면 최치우가 어떤 인재를 좋아하는지 충분히 알고도 남을 것이다.

"나도 참… 쉬는 게 일하는 것보다 힘들어서야. 이것도 병이다."

직원 선발이라는 커다란 미션을 내려놓은 최치우는 혼자만의 시간을 보냈다.

하지만 마음 편히 늘어져 쉴 수 없었다.

최상급 물의 정령, 아도니스의 말이 귓가에 맴돌았기 때문이다.

소멸 직전 아도니스는 정령왕이 최치우를 찾을 거라는 말을 남겼다.

분노와 원한이 담긴 사념이었기에 진실인지 확실하게 알 수 없다.

그러나 최상급 정령이 아예 없는 말을 지어낼 것 같진 않았다.

최치우는 현대 사회에서 유일하게 정령을 불러내고, 또 소멸시킬 수 있는 인간이다.

벌써 아도니스와 샐러맨더라는 고위 정령을 소멸시켰다.

특히 인격을 지닌 최상급 정령 아도니스를 소멸시킨 게 컸다.

'그러고 보면 최상급 정령들 중에서 가장 강한 존재가 정령왕으로 군림한다 했었지.'

최치우는 아슬란 대륙의 지식을 떠올렸다.

아도니스의 말이 사실이라면 물의 정령왕이 복수를 위해 최치우를 찾아올 수 있다.

상급 정령과 최상급 정령을 소멸시키는 데도 죽을 위기를 넘겨야 했다.

정령왕과 싸우게 되면 당연히 생사를 장담하기 어려울 것이다.

아도니스와의 전투 이후 7서클의 벽을 넘었지만, 정령왕은 8서클 마법 수준의 자연재해를 일으킬 수 있다고 알려졌다.

여유가 있을 때 수련을 통해 더 강해지지 않으면 언제 어떤 위기에 처할지 모른다.

'대기업을 이룩해 놓고 정령왕에게 죽으면… 너무 허무하잖아.'

혹시라도 정령왕에게 복수를 당해 버린다면, 사람들은 최치우가 왜 죽었는지도 모를 것이다.

그리 허무하게 이번 생을 끝낼 수는 없다.

다른 차원에서의 환생과 다르게 현대에서는 소중한 사람들이 많이 생겼다.

게다가 아바타의 미션을 수행하지 못하면 영원한 소멸로 다음 기회가 주어지지 않을 수 있다.

정령왕에게 순순히 당해줄 수 없는 이유가 무척 많은 셈이다.

“강해져야 해. 지금보다 더.”

최치우의 입 밖으로 결연한 의지가 담긴 음성이 흘러나왔다.

절정에 다다른 금강나한권과 7서클 마법의 조합이면 지구가 아닌 어떤 차원에서도 최강의 자리를 노릴 수 있다.

그런데 소울 스톤을 확보하는 게 중요해지면서 기준점이 달라졌다.

정령왕보다 강해져야만 마음 편히 소울 스톤을 찾아내며 대체에너지 개발을 지속할 수 있다.

강해지는 방법은 하나밖에 없다.

꾸준한 수련이다.

실전이 최고의 수련이지만, 매번 실제로 싸울 수는 없는 노릇이다.

어차피 상급 정령 수준이 아니면 최치우를 긴장시키는 것도 불가능하다.

최치우는 일상에서 마법을 자주 쓰며 마나와 친숙해지기로 마음먹었다.

새롭게 넘어선 7서클의 경지에 완전히 익숙해져야만 한다.

그의 결심 덕분에 서울이라는 삭막한 도시에 재미난 소란이 많이 생길 것 같았다.

대도시에 나타난 7서클 마법사의 수련이 어떤 후폭풍을 만들어낼지, 그 누구도 짐작할 수 없었다.

늘 그래왔던 것처럼 최치우는 역사에 전무후무한 사건을 일으키기 때문이다.

소울 스톤으로 역대급 대박을 친 최치우는 잠시 숨을 고르며 CEO가 아닌 마법사로서 역량을 강화하는 데 집중할 태세였다.

대마도사 클래스 바로 아래의 존재, 아슬란 대륙에서도 왕실 마법사로 만인의 존경을 받을 수 있는 7서클 마법사가 서울에 등장하게 됐다.

아무도 모르는 사실이지만, 정령과 마법이라는 미지의 힘이 최치우를 통해 조금씩 수면 위로 올라오고 있었다.

그로 인해 현대의 지구라는 차원이 어떻게 바뀌게 될지 가능성은 무궁무진할 것 같았다.

*　　　*　　　*

올림푸스에서 공채를 실시한다는 소식이 전국을 강타했다.

여느 대기업 공채처럼 몇백 명에서 몇천 명 이상을 한꺼번에 뽑는 게 아니다.

사실 공채라 부르기도 어려울 규모다.

여의도 본사에 근무할 인력 50명과 남아공 본부 파견 인력 30명까지. 도합 80명의 직원을 새로 뽑을 예정이었다.

물론 헤라클래스는 예외다.

아직까지 헤라클래스의 존재 자체가 한국에는 거의 알려지지 않았다.

리키는 비공개 테스트를 실시해 헤라클래스 대원을 20명 정도 더 뽑을 거라 보고했다.

그렇기에 국내 지원자들은 총 80개의 자리를 놓고 경쟁하게 됐다.

그런데 올림푸스 공채가 대한민국 취업 시장을 들썩이게 만들어 버렸다.

8만 명이 넘는 지원자가 몰려들었기 때문이다.

무려 1,000 대 1이라는 기록적인 경쟁률이 나왔다.

취업 시장을 관리하는 정부 당국에서도 깜짝 놀라 당황할 정도였다.

고용노동부에서는 올림푸스 인사팀에게 직접 전화를 해 채용 인원을 늘리지 않겠느냐고 제의를 했다.

물론 여력은 충분했다.

대부분의 기업은 정부의 요청을 마지못해 받아들인다.

하지만 최치우는 단칼에 거절했다.

선불리 조직이 비대해지면 다시 되돌리기 힘들다.

21세기 기업의 생명은 스피드와 창의력이다.

머릿수로 회사의 규모를 평가하는 시대는 지나갔기에 굳이 무리할 필요가 없었다.

사실 80명을 새로 뽑는 것도 큰마음 먹고 결단을 내린 것이었다.

최치우는 유영조 대통령과 우호적인 관계를 맺고 있지만, 회사 경영에선 정부 눈치를 보지 않았다.

결과적으로 원서를 넣은 지원자들도 엄청난 경쟁에 내몰렸지만, 올림푸스 인사팀은 마비 상태가 됐다.

8만 명의 서류를 검토하는 작업만 1주일이 넘게 걸릴 것 같았다.

올림푸스는 뭐만 했다 하면 온 세상의 관심을 받는 기업이 됐기에 허투루 심사를 할 수 없었다.

CEO 최치우의 깐깐한 눈높이를 생각하면 더더욱 아무나 스펙에 맞춰 대충 뽑기 힘들다.

채용 과정을 전담하게 된 임동혁과 백승수, 그리고 인사팀장은 당분간 죽어나게 생긴 것이다.

반면 최치우는 비교적 여유로웠다.

그는 공채를 비롯한 올림푸스의 현안을 실무진에게 맡겨놓았다.

당장 눈을 부릅뜨고 직접 신경 써야 할 프로젝트도 없다.

펜타곤과의 기술 제휴는 실전에서 미쓰릴 필드를 테스트해봐야 진척시킬 수 있다.

산신령 허철후를 고문으로 모신 제약팀은 프로메테우스 생산을 안정적으로 관리하는 중이다.

남아공 비즈니스도 순조로웠다.

레드 엑스를 멸망시킨 이후 헤라클래스가 지키는 광산을 넘보는 게릴라 반군은 거의 없었다.

덕분에 예상보다 빠른 속도로 다른 광산들을 추가 개발하게 됐다.

남아공 본부는 관리직 직원이 모자라다는 게 유일한 문제점이었다.

그마저도 공채를 통해 곧 해결될 부분이라 크게 염려는 안 됐다.

신규 프로젝트이자 올림푸스를 급부상시킨 소울 스톤 연구도 순항하고 있다.

최치우가 투자한 막대한 자금으로 미래 에너지 탐사대는 엄청난 진용을 갖췄다.

연구 장비부터 시설, 연구원들의 면면이 모두 탈아시아 레벨이었다.

특히 소울 스톤을 공개한 다음부터 세계적인 석학들이 앞다퉈 미래 에너지 탐사대에 이력서를 보내왔다.

MIT나 하버드 교수 자리보다 인류의 미래를 바꿀지 모르는 프로젝트에 끼고 싶은 욕망이 더 큰 것이다.

얼마 전 김도현 교수는 아도니스의 소울 스톤에 담긴 에너지를 측정했다.

역시 장비의 한계로 100% 측정에는 실패했지만, 샐러맨더의 소울 스톤보다 더 강한 에너지파가 감지되었다.

최치우는 망설이지 않고 초정밀 레이저 측정기를 주문했다.

날씨가 풀려 봄이 찾아오면 미래 에너지 탐사대의 연구는 본격적인 궤도에 오를 것이다.

이렇듯 올림푸스의 모든 영역은 안정적이었다.

지금의 평온이 언제까지 유지될지 모른다.

하지만 또 다시 전력 질주를 하기 위해서라도 이런 시기를 거쳐야 한다.

"다들 바쁜데 나만 한가한 것 같지만……. 그래도 어쩔 수 없지."

최치우는 밤 늦도록 불이 켜진 올림푸스 여의도 사무실을 올려다보고 있었다.

그는 야근하는 직원들을 놔두고 먼저 밖으로 나왔다.

당분간 짬을 내서 마법과 무공 수련에 집중하기로 결심했기 때문이다.

특히 7서클 마법을 자주 펼치며 몸에 익히는 게 급선무였다.

"미안한 마음은 특별 보너스로 갚아줄게요. 다들 잘 부탁합니다."

그는 미소를 지으며 사무실 안에 있는 직원들에게 속마음을 전했다.

회사 일을 자기 일처럼 해달라는 건 오너의 욕심일 뿐이다.

그 욕심을 현실로 만들기 위해서는 강력한 동기부여가 필요하다.

비전, 꿈, 미래, 다 좋지만 결국 돈이 없으면 뜬구름 잡는 소리다.

두둑한 월급과 깜짝 놀랄 만큼의 보너스가 직장인들에겐 최고의 동기부여이자 비타민이다.

올림푸스의 월급은 오성그룹 평균보다 높고, 스톡옵션을 비롯한 보너스도 만만치 않다.

대신 업무 강도가 살벌한 것으로 유명하지만, 최치우는 말이 아닌 행동으로 확실한 보상을 하는 스타일이다.

그런 사실이 널리 알려졌기에 80명을 뽑는 데 8만 명 이상이 몰린 건지도 모른다.

부우웅—

한동안 사무실 건물을 바라보던 최치우는 차에 올라타 액셀을 밟았다.

서울에도 몇 대 없는 롤스로이스가 어둠이 내려앉은 도로 위로 미끄러졌다.

7서클 마법을 아무 데서나 막무가내로 펼칠 수는 없다.

최치우는 도시에서 마법을 수련하기 위해 여러 시나리오를 세워놓았다.

무슨 일을 기대하는 것인지 핸들을 잡은 얼굴에서 미소가 떠나지 않았다.

*　　　*　　　*

한강 둔치 주차장에 차를 세운 최치우는 마포대교로 향했다.

마포대교는 한강의 여러 다리 중에서 자살률이 높은 것으로 유명했다.

그러자 정부에서는 마포대교 난간에 위로의 멘트를 적고, 상담 전화기를 설치하는 등 대책을 내놓았다.

자살 다리를 생명의 다리로 바꾸겠다는 것이다.

그런데 오히려 역효과가 나타났다.

마포대교가 생명의 다리로 언론의 주목을 받으면서 더 많은 자살자들이 몰리게 됐다.

이제는 지방에서도 자살을 하려는 사람들이 굳이 마포대교까지 찾아오는 지경이었다.

한국은 OECD 국가 중 자살률 1위를 기록하고 있다.

119 소방대의 통계에 의하면 적어도 사흘에 한 번은 누군가 마포대교에서 자살을 시도한다고 한다.

많은 경우 소동만 일으키고 구조 조치를 받지만, 절대 무시할 수 없는 숫자다.

바로 그 이유 때문에 최치우는 마포대교를 수련 장소로 선택한 것이다.

7서클의 벽을 넘게 된 그는 가장 먼저 그래비티(Gravity)라는 마법을 숙달하길 원했다.

그래비티는 일정 지역의 중력을 조절하는 마법이다.

어떤 상황에서 펼치느냐에 따라 엄청난 변수를 창출해 낼 수 있다.

계속해서 정령들과 싸울 최치우에게 그래비티는 비장의 무기가 될 것이다.

언젠가 정령왕과 부딪쳐도 그래비티를 비롯한 7서클 마법으로 승부해야 한다.

지금까지 주력으로 펼쳤던 6서클 마법은 정령왕에겐 큰 위협이 못 될 가능성이 높다.

최치우는 캄캄한 마포대교 초입에 서서 혼잣말을 읊조렸다.

"비즈니스만 생각해도 머리가 터질 것 같은데, 소울 스톤 찾겠다고 정령들이랑 혼자 전쟁을 치르는 팔자라니… 아무래도 이번 환생이 제일 빡센 거 같다."

엄살이 아니었다.

죽어라 싸우기만 하던 전생들보다 염두에 둬야 할 게 훨씬 많았다.

그래도 불만스럽진 않았다.

7번의 환생을 통틀어 현대에서의 삶이 가장 즐겁기 때문이다.

'사흘에 한 명 꼴이면 언제 나타나도 이상하지 않아.'

상념을 정리한 최치우는 자살자 통계를 떠올렸다.

마포대교에서 자살을 시도하는 사람들은 대부분 밤 9시에서 자정 사이에 나타난다.

다른 사람들의 눈길을 아예 피하려면 새벽이 제격이다.

그럼에도 자살 시도자들이 9시와 12시 사이를 택하는 건 누군가 말려주길 바라는 무의식적 본능이 남아 있기 때문이다.

스으윽—

늦은 시간이지만 마포대교를 걸어서 지나가려는 사람들이 아예 없진 않았다.

최치우는 지나가는 사람들의 분위기를 감지했다.

죽음을 결심한 사람은 티가 날 수밖에 없다.

외모가 아닌 기운으로 판단하면 자살 시도자를 알아내는 게 어렵지만은 않을 것 같았다.

'실전 같은 훈련, 훈련 같은 실전. 이게 포인트지.'

여의도 쪽 마포대교 초입에서 마스크를 끼고 서성거리는 최치우는 무척 수상하게 보였다.

그가 이 고생을 자처하는 이유는 간단했다.

실전 상황에서 그래비티를 펼치기 위해서다.

고층 건물에서 물건을 떨어뜨려 그래비티를 시험할 수도 있다.

하지만 실패해도 아무 상관이 없는 상황의 수련일 뿐이다.

몸이 만신창이가 됐을 때, 집중력을 유지하기 힘들 때처럼 온갖 상황에서 자유롭게 7서클 마법을 펼치려면 평범한 수련은 금물이다.

그렇기에 마포대교는 최적의 장소였다.

자살하려고 몸을 던진 사람을 눈앞에서 구하지 못하면 아무렇지 않을 수가 없다.

무수한 죽음을 만들어낸 최치우라 해도 마찬가지다.

그 역시 붉은 피가 흐르는 인간이기 때문이다.

저벅저벅.

그때였다.

두꺼운 파카를 입은 남학생이 최치우를 스치고 지나갔다.

최치우의 감각이 경종을 울렸다.

'뭔가 이상해!'

최치우는 벌써 저만치 걸어가는 남학생의 뒷모습을 쳐다봤다.

파카 밖으로 삐죽 나온 손끝이 미세하게 떨리고 있었다.

스쳐가며 확인한 얼굴 표정도 남달랐다.

무슨 사연인지 모르지만 눈빛도 공허하고 텅 비어 보였던 것 같다.

최치우는 조심스레 남학생의 뒤를 따라갔다.

미행이랄 것도 없었다.

그저 거리를 두고 천천히 걷는 게 전부였다.

'미안하지만, 죽으려고 결심했다면… 난 반드시 널 살릴 거다. 적어도 오늘 마포대교에선 죽을 수 없어.'

사실 최치우는 의사들처럼 사람을 살리겠다는 대단한 사명감이 있지는 않았다.

마법 수련을 위해서 자살을 막으려는 것이니 의도가 불순하다고 해도 할 말이 없다.

그래도 결론은 똑같다.

남학생이든 누구든 최치우의 눈에 발견된 이상 마음대로 자살을 할 수는 없을 것이다.

물론 그래비티를 펼치는 데 실패하면 자살을 막지 못한다.

'진짜 뛰어내릴 작정인가?'

막상 마포대교에 와서 발걸음을 돌리는 자살 시도자들이

많다.

다리에서 한강을 내려다보면 무섭기 때문이다.

죽음을 각오했어도 공포 앞에서 무력해지는 게 보통 인간이다.

그런데 남학생은 달랐다.

잠시 주위를 두리번거리더니 이내 다리 난간 위로 올라섰다.

애매한 시간이라 한참 떨어진 최치우를 제외하고는 근방에 사람이 없었다.

마포대교를 오가는 자동차들은 어둠 속 행인에게 관심을 주지 않는다.

그렇다고 경찰이 매번 다리를 지킬 수도 없다.

작정하고 뛰어내리는 사람을 누가 말리겠는가.

지이이잉—

최치우는 남학생을 주시하며 마나를 배열했다.

예전보다 한층 충만해진 마나가 재빨리 모였다.

확실히 7서클은 다르긴 다르다.

고작 1서클 차이지만, 마법에서 벽 하나를 넘는 건 천지차이다.

바로 그 순간, 난간 위에 올라섰던 남학생이 몸을 던졌다.

차갑고 어두운 한강 아래로 뛰어내린 것이다.

슈우우우욱!

강물이 남학생을 빨아들이는 소리가 들렸다.

최치우도 다른 사람이 높은 데서 뛰어내려 자살을 시도하는 모습은 처음 봤다.

하지만 미리 대비하고 있었기에 놀랍지 않았다.

"그래비티―!"

그는 기다렸다는 듯 현대에서 처음으로 7서클 마법을 캐스팅했다.

마나의 힘이 빠른 속도로 추락하는 남학생에게 쏘아졌다.

타인의 생명이 걸린 시험이다.

최치우는 정신을 집중하고 마포대교와 한강 사이를 노려보고 있었다.

4장
우연 같은 인연

죽고 싶다.

'자살'을 거꾸로 읽으면 '살자'라는데, 그 따위 농담을 지어낸 사람 면상이 궁금하다.

스스로 삶을 포기하게 된 사람이 설마 그런 저질 말장난에 마음을 돌릴까.

21살 박우식은 더 이상 살고 싶은 마음이 없었다.

아버지는 누군지도 모르고, 어머니는 박우식이 5살 때 그를 고아원에 남겨뒀다.

어렴풋이 기억나는 어머니의 얼굴과 목소리는 박우식에게 악몽이 됐다.

돈 벌어서 돌아온다는 말만 믿고 버텼는데, 20살이 되어 고아원에서 나갈 때까지 연락 한 번 없었다.

성인이 되면 법적으로 고아원에서 머무를 수 없게 된다.

무조건 짐을 싸고 나가야 하는 것이다.

처음에는 박우식도 의욕이 충만했었다.

약간의 보조금으로 고시원을 얻고, 막노동이든 뭐든 해서 돈을 벌면 될 것 같았다.

고아의 경우 병역 면제이기에 군대 걱정도 없었다.

그렇지만 세상은 호락호락하지 않았다.

사회 경험이 아예 없는, 그리고 사춘기 내내 고아원이라는 좁은 세계에서 벽을 치고 살았던 박우식은 손쉬운 먹잇감이었다.

그는 월급을 차곡차곡 모아 이자를 붙여주겠다는 말을 믿고 1년 동안 공사장에서 허드렛일을 했다.

고시원 월세와 밥값, 교통비 정도를 제외하면 모든 돈을 큰 형님 같은 직업소개소 사장에게 맡겼다.

그 사람 덕분에 일당이 높은 일자리를 구했다고 은인으로 여겼었다.

하지만 결과는 비극적이었다.

1년이 지나고, 박우식이 자신의 월급을 확인해 보기도 전에 직업소개소가 문을 닫았다.

아무런 예고 없이 사무실 간판이 내려가 있었고, 사장은 전화번호를 바꾼 채 잠적했다.

그를 찾을 길은 어디에도 없었다.

박우식에게 남은 건 다음 달 고시원 월세와 약간의 생활비, 그리고 공사장에서 얼굴을 익힌 아재들뿐이다.

노가다 아재들 중에서도 사장에게 사기를 당한 사람들이 꽤 있었다.

그들은 박우식의 사정을 딱하게 여겼지만, 실질적으로 도움을 줄 방법이 없었다.

박우식은 세상에 혼자 남겨진 기분이었다.

부모에게 버림받고, 성인이 되자 법에 의해 시설에서 쫓겨나고, 사회로 나와 믿었던 큰 형님에게 사기를 당했다.

1년을 공사판에서 죽어라 일해 번 돈이 모두 얼마인지도 모른다.

그 돈을 잃었다는 사실보다 세상에 믿을 놈 하나 없다는 진리가 박우식을 더욱 뼈아프게 만들었다.

친구 하나 없는 21살이 감당하기엔 너무 큰 아픔이다.

과연 누가 박우식에게 용기를 가지라고, 살다 보면 좋은 일이 있을 거라고 말할 수 있겠는가.

그의 입장이 되지 않고서는 결코 이해할 수 없는 허무함이 박우식을 휩쓸었다.

마포대교 난간 위에 선 박우식은 눈을 감지 않았다.

시꺼먼 한강과 살벌한 높이가 주는 공포보다 세상이 더 무서웠다.

갈등은 짧았다.

이를 꽉 깨문 박우식이 다리 아래로 몸을 던졌다.

고통의 순간이 지나면 이 지긋지긋한 삶에서 해방될 것 같았다.

"빌어먹을 세상아!"

슈우우우우—

몸이 급격히 추락하는 느낌이 들자 박우식도 눈을 감았다.

마지막 말을 절규하듯 토해내고 뛰어내린 그는 금방 차가운 물에 빠질 줄 알았다.

원래라면 뼈가 부서지는 고통을 느낄 틈도 없이 물길에 휩쓸려 정신을 잃어야 한다.

그런데 갑자기 브레이크가 걸렸다.

마포대교에서 한강으로 뛰어내렸는데, 공중에서 시공간이 정지하는 느낌이 든 것이다.

"어?"

눈을 뜬 박우식은 이질적인 감각을 느꼈다.

자신의 몸은 한강의 수면 바로 위에 멈춰 있었다.

눈으로 보고, 직접 몸으로 생생하게 느끼고 있기에 이것은 절대 착각이 아니었다.

"어—!"

아무 말도 나오지 않았다.

너무 놀라 탄성을 내뱉는 것밖에 할 수 없었다.

수면에 닿을 듯 말 듯 몸이 떠 있었다.

1초, 2초, 3초.

짧지만 영원처럼 느껴진 시간이 흐르고, 박우식이 한강에 빠졌다.

좌악—

그리 큰 소리도 나지 않았다.

높은 다리에서 떨어진 게 아니라 수면 바로 위에서 멈췄다가 빠졌기 때문이다.

덕분에 충격도 없었고, 정신도 멀쩡했다.

박우식의 몸은 본능적으로 부력을 받아 동동 떠올랐다.

"이, 이게 뭐야!"

한강에 빠져 머리를 내놓은 박우식이 소리를 질렀다.

죽는 것조차 마음대로 못 한단 말인가.

도대체 물 위에서 잠깐 멈췄던 현상은 어떻게 받아들여야 할까.

머릿속이 뒤죽박죽 정신이 없었다.

그때 박우식의 귓가, 아니 마음속으로 강렬한 메시지가 울렸다.

[주접떨지 말고, 얼른 밖으로 나와라.]

마치 하늘에서 울리는 목소리 같았다.

박우식은 사방으로 고개를 휘저었지만 근처엔 아무도 없었다.

그런데 강 건너편에 누군가 서서 손을 흔드는 게 보였다.

믿기 힘든 일이지만, 저 사람이 자신에게 말을 건 것 같았다.

귀신에 홀린다면 이런 느낌일지 모른다.

어차피 오늘 죽기는 글렀다.

박우식은 축축해진 파카를 물속에서 벗어버리고 양팔을 내저었다.

자신이 뛰어내린 걸 본 유일한 목격자에게 가면 무슨 일이 벌어졌는지 들을 수 있을 것 같았다.

마포대교 아래에서 손을 흔든 사람에게 간다.

단순한 일념으로 헤엄을 치기 시작한 박우식은 죽어야겠다는 생각은 이미 잊어버린 채였다.

바닥까지 내려갔던 생의 의지가 조금씩조금씩 반등하고 있었다.

* * *

"그래비티—!"

어마어마한 양의 마나가 요동치며 뻗어나갔다.

7서클 마법이기에 마나의 소모량 또한 만만치 않았다.

따라서 집중이 흐트러지거나 컨디션이 나쁘면 캐스팅이 실패하기 쉽다.

쏴아아아—!

눈에 보이지 않는 마나가 길을 만들며 나아가는 게 느껴졌다.

다행히 현대에서의 첫 번째 7서클 마법은 완벽하게 펼쳐졌다.

무형의 기운이 마포대교에서 한강으로 추락한 남학생을 휘어잡았다.

수면 바로 위, 그 일대의 작은 공간에 형성된 중력은 최치우의 지배를 받는다.

'딱 3초만.'

너무 길게 남학생을 붙들면 사진에 찍힐지 모른다.

최치우는 정확히 3초를 카운트했다.

짧은 시간이지만, 마나가 급속도로 빠져 나가고 있었다.

그래도 손끝으로 중력을 조절하는 기분은 짜릿했다.

사실 오랜만에 느끼는 7서클의 권능이 최치우를 한껏 업시켰다.

'됐다.'

촤아악—!

최치우가 마나를 거둬 들였다.

그 즉시 남학생이 한강에 빠지는 소리가 들렸다.

'본의 아니게 죽는 걸 살렸는데… 사연이나 들어볼까?'

평소 같으면 하지 않았을 간섭이다.

그러나 그래비티를 실전에서 펼치기 위해 죽으려는 사람을 억지로 살렸다.

약간의 책임감을 느낄 수밖에 없었다.

7서클 마법에 성공해서 기분이 좋아진 영향도 있었다.

'일단 가보자.'

결정을 내리면 행동은 즉시 뒤따르게 마련이다.

마포대교 하단으로 내려가는 데 보통 사람은 5분 넘게 걸릴 것이다.

하지만 최치우는 보법을 펼쳐 매우 빠르게, 동시에 너무 튀지는 않게 다리 밑으로 내려갔다.

눈 깜짝할 사이에 내려가니 허우적거리고 있는 남학생이 보였다.

다행히 수영은 제법 잘할 줄 아는 것 같았다.

최치우는 내공을 끌어 올려 남학생에게 전음을 보냈다.

[주접떨지 말고, 얼른 밖으로 나와라.]

그리곤 남학생이 위치를 알 수 있게끔 손을 들어줬다.

전음은 내공에 뜻을 실어 보내는 고급 무공이다.

최치우는 호령독삼을 복용하고 임동양맥을 타통한 뒤 전음을 쓸 수 있게 됐다.

순수한 의지를 전하는 정령들의 의사소통 방법과는 결이 다르다.

정령들은 언어의 구애조차 받지 않는다.

하지만 전음은 의지가 아닌 언어를 음성 대신 내공으로 보내는 것이다.

그렇기에 쓰는 언어가 다르면 소통이 불가능하다.

전음을 들은 남학생은 두꺼운 파카를 벗고 열심히 헤엄쳐 다가왔다.

얼음장 같은 한강에서 수영을 하는 모습이 약간 애잔해 보였다.

"허억— 허억—!"

마포대교 하단에 도착한 남학생은 대(大)자로 뻗었다.

2월의 끄트머리지만 여전히 밤 기온은 영하다.

한강에서 수영을 하기엔 너무 추운 날씨다.

게다가 죽으려고 작심했었기에 몸도 정상이 아닐 것이다.

최치우는 발치에 드러누워 거친 숨을 몰아쉬는 남학생, 박우식을 물끄러미 내려다봤다.

"기껏 살려놨더니 쇼크로 잘못되면… 곤란하군."

어차피 주위에 보는 시선은 없다.

겨울이 가시지 않은 밤, 관광명소도 아닌 마포대교 하단에 사람이 나와 있을 일은 드물다.

최치우는 주위를 살피고 짧게 마법을 캐스팅했다.

"웜(Warm)."

간단한 마법이지만 효과는 즉각적이었다.

몸을 데우는 따뜻한 기운이 박우식의 머리끝부터 발끝으로 퍼져 나갔다.

그렇게 1분 정도 지나자 거친 숨소리가 잦아들었다.

박우식은 비틀거리며 몸을 일으켰다.

힘들고 놀랐을 텐데 스스로 일어나는 걸 보니 정신력이 바닥은 아닌 것 같았다.

"누, 누구세요?"

마법의 영향으로 체온이 올라와 몸은 떨지 않았지만, 목소리가 떨리는 건 어쩔 수 없었다.

"너 몇 살이야?"

최치우는 대답 대신 질문을 던졌다.

박우식의 얼굴이 스쳐 지나가며 봤을 때보다 더 어려 보였기 때문이다.

"저요? 이제 21살… 됐습니다."

"이름은?"

"박우식입니다. 그런데……."

"그런데?"

"제가 떨어질 때, 갑자기 멈춘 것 같았는데……."

박우식은 자기가 말을 해놓고도 이상한 듯 고개를 푹 숙였다.

최치우는 살짝 미소를 지었다 감추며 대답했다.

"그게 말이 된다고 생각해? 사람이 공중에서 추락하다 멈추는 게."

"여, 역시 그렇죠?"

"그럼."

박우식 입장에선 이상한 것투성이지만 자세히 따질 겨를이 없었다.

죽다 살아난 경험은 평생 한 번 하기도 힘들다.

아무리 강심장이라 해도 넋이 나간 상태일 수밖에 없다.

"그런데 너 말이야, 박우식이라고 했지."

"네? 네."

"왜 죽으려고 했어? 이렇게 추운 날, 나이도 어린놈이."

최치우의 말이 잊고 있던 감정을 되살렸다.

박우식은 땅이 꺼져라 한숨을 내쉬었다.

"후우— 그게……."

선뜻 말로 설명하긴 어려운 문제다.

그간의 구구절절한 사연, 세상에 홀로 남겨진 아픔은 결코 가볍지 않았다.

오죽하면 마포대교에서 뛰어내릴 생각을 하고, 행동으로 옮기겠는가.

점차 감정이 격해지는지 박우식의 어깨가 들썩거렸다.

최치우는 가만히 기다려 줬다.

곧이어 박우식이 고개를 숙인 채 입을 열었다.

"좀 긴 이야긴데, 괜찮으시겠어요?"

"그래, 나 시간 많아."

"어려서부터……."

박우식의 입에서 고아원 시절 선생님들에게 차별받았던 이야기, 학교에서 무시받았던 이야기, 1년 일한 돈을 못 받은 이야기 등 별의별 사연이 흘러나왔다.

듣다 보니 최치우도 안쓰러운 마음이 들었다.

박우식은 모든 게 최악인 환경에서 태어났고, 열심히 발버둥 쳤지만 누구 하나 도와주지 않고 뒤통수를 때렸다.

최치우는 괜히 자신을 보는 것 같았다.

환생을 할 때마다 낯선 세상에서 극단적인 위기에 처했었기 때문이다.

이번 삶도 비실비실한 약골 빵셔틀로 환생했었다.

'나야 전생의 기억과 경험이 있어서 상관없지만, 얘는 참… 성품이랑 재질은 나쁘지 않은 것 같은데, 참 안됐군.'

무슨 바람이 불어서일까.

최치우는 그래비티를 수련하기 위해 죽으려는 사람을 살렸고, 그래서 박우식의 기구한 인생사를 듣게 됐다.

이제 여기서 돌아서면 된다.

안타깝지만 박우식의 인생은 그의 것이다.

다시 마포대교로 올라가든, 이 일을 계기로 살아날 의지를 품든 선택은 최치우가 내릴 수 없다.

그러나 약간의 도움을 주고 싶었다.

최치우는 여러 차원에서 기연의 주인공이었다.

이번에는 남에게 기연을 베풀어주는 것도 괜찮을 듯 싶었다.

"너 내가 누군지 모르지?"

"네?"

박우식은 밑도 끝도 없이 무슨 소리냐는 표정을 지었다.

자살하려다 실패하고 만난 사람이 누구인지 어떻게 알 수 있다는 말인가.

최치우는 피식 웃으며 자기 정체를 밝혔다.

"올림푸스라고 들어봤어?"

"그럼요. 아무리 배운 거 없어도 올림푸스 모르는 사람이 어딨다고……. 어… 어? 어!"

박우식의 동공이 커지며 혼비백산한 얼굴이 됐다.

올림푸스의 CEO, 한국이 낳은 세계적인 스타 최치우.

가끔 TV에서 보던 그 사람이 눈앞에 서 있었기 때문이다.

뒤늦게 최치우를 알아본 박우식은 말을 잇지 못했다.

최치우는 그를 쳐다보며 지나가는 투로, 그러나 진심을 담아 말했다.

"살고 싶어지면… 아니다. 제대로 살고 싶어지면 올림푸스 여의도 사무실로 찾아와. 로비에서 니 이름 말하면 날 만나게 해줄 거다."

말을 마친 최치우는 몸을 돌렸다.

여기서 더 많은 이야기를 할 필요는 없다.

그는 이미 기연을 베풀었고, 운명을 바꿀지 말지는 박우식의 몫이다.

멍하게 얼이 빠진 박우식을 뒤로하고 성큼성큼 걸어 나온 최치우가 혼잣말을 읊조렸다.

"그래비티는 생각보다 잘 먹히는데, 다른 데서 연습해야겠어. 남의 인생에 끼어드는 거… 두 번 할 짓은 아니다."

대수롭지 않게 생각했는데, 박우식을 구하며 마음이 바뀌었다.

최치우는 마포대교가 아닌 도시의 또 다른 곳에서 7서클 마법을 수련하게 될 것 같았다.

*　　　*　　　*

최치우는 남들이 모르게 도시의 기적을 일으키고 있었다.

물론 뉴스에 나올 정도로 요란스러운 사건을 벌이지는 않았다.

사람들 틈에서 눈치채지 못하게 마법을 펼치며 7서클을 체득하는 재미가 쏠쏠했다.

가장 많이 펼친 마법은 역시 그래비티였다.

최치우는 이미 마포대교에서 박우식이 떨어지는 걸 그래비티로 구했었다.

사람이 추락할 때 엄청난 중력이 작용한다.

첫 번째 실전 같은 훈련으로 그만한 중력을 제어하는 데 성공한 것이다.

이후로는 거리를 돌아다니며 누군가 물건을 떨어뜨릴 때 그래비티를 펼쳤다.

물론 사람을 구하는 것만큼 많은 양의 마나가 쓰이진 않았다.

대신 언제든 즉시 마법을 캐스팅할 수 있게 순발력을 기르는 데에는 충분한 연습이 됐다.

길에서 커피나 스마트폰이 떨어지면 곧바로 그래비티를 펼쳤기 때문이다.

너무 티가 나면 곤란하기에 지면 위에서 살짝 물건을 멈춰 세운 후 마법을 거둬들였다.

그렇게 하면 물건이 땅에 떨어졌어도 생각보다 덜 상한다.

물건을 떨어뜨린 사람들은 운이 좋았다고 여길 것이다.

사실은 최치우가 7서클 마법을 펼친 덕분이라고 상상이나

하겠는가.

"이거 상당히 좋은데."

최치우는 사람이 너무 많지도, 또 너무 적지도 않은 평일 저녁 이태원을 걷고 있었다.

모자와 커다란 뿔테 안경으로 얼굴을 가린 그의 입꼬리가 올라갔다.

도시의 마법사 놀이는 예상 외로 스릴이 넘쳤다.

남들 모르게 문제를 포착해 마법으로 해결한다.

방금 전에도 키 큰 여성이 떨어뜨린 아이폰을 바닥 위에서 아슬아슬하게 정지시켰다.

원래는 산산조각 났어야 할 아이폰 액정이지만, 최치우가 그래비티로 중력을 조절해서 실금만 살짝 갔다.

"웬열! 나 울 뻔했는데 이 정도면 리퍼 안 받고 써도 되겠다, 그치?"

"개신기해! 완전 다 깨질 줄 알았는데!"

그녀와 친구들이 요즘 인터넷에서 유행하는 말투로 호들갑을 떨었다.

전혀 모르는 사이지만 뜻밖의 행운에 기뻐하는 모습을 보니 웃음이 나왔다.

"그래비티는 어느 정도 익숙해졌어. 슬슬 다음 스텝으로 넘어가도 되겠다."

최치우가 만족스러운 표정을 지었다.

7서클 마법은 그래비티만 있는 게 아니었다.

가장 먼저 익힐 마법이 그래비티였을 뿐, 제로딘 시절의 기억 속에는 더 많은 주문이 떠다니고 있었다.

파괴적인 마법은 도시에 숨어서 연습할 수 없다.

하지만 그래비티처럼 다재다능한 마법의 경우 이렇게 수련하는 게 매우 효과적일 것 같았다.

도시의 마법사 놀이는 캐스팅 속도를 줄이고, 마나와 친숙해지는 데 큰 도움이 되고 있었다.

당초 최치우가 기대했던 것 이상의 효과이기에 스스로도 놀라울 지경이었다.

“뭐든 부딪쳐 봐야 진가를 알 수 있어.”

최치우는 미소를 머금은 채 혼잣말을 읊조렸다.

그는 저녁 내도록 이태원 거리를 돌아다니며 그래비티를 펼칠 기회를 찾아 헤맸다.

이제 출출해질 배를 채울 시간이다.

“뭘 먹어야 잘 먹었다고 소문이 날까.”

기분 좋은 홍얼거림이 절로 나왔다.

최치우는 사람들이 물건을 떨어뜨리는 현장 대신 맛집을 찾아 고개를 돌렸다.

우웅— 우웅

그때 마침 스마트폰이 울렸다.

최치우는 방금 전까지 땅으로 떨어지고 있던 스마트폰을 지면 1㎝ 위에서 마법으로 정지시켰다.

그래서인지 폰을 꺼내자 괜히 웃음이 나왔다.

"앞으로 폰 깨먹을 일은 절대 없겠군."

최치우가 실수로 폰을 떨어뜨리면 지면 위 1㎝가 아닌 공중에서 중력을 제어할 것 같았다.

마음만 먹으면 그래비티를 펼쳐 폰을 둥둥 떠다니게 만들 수도 있다.

만약 사람들이 그 장면을 보거나 촬영해도 속임수라 생각할 것 같았다.

인류는 마법이란 게 진짜로 존재하는지 모르고 있다.

그렇기에 조심은 해야 하지만, 너무 지나치게 시선을 피하거나 의식 할 필요도 없을지 모른다.

우우우웅—

최치우가 이런저런 생각을 하는 동안 폰은 계속 울렸다.

스마트폰 화면에는 올림푸스 비서팀장의 이름이 떠올라 있었다.

"여보세요."

—대표님, 통화 괜찮으세요?

"괜찮아요. 무슨 일이에요?"

—회사에 손님이 찾아와서요.

"이 시간에 내 손님이?"

최치우가 전화기를 든 채 고개를 갸웃거렸다.

이미 시곗바늘은 숫자 8을 향해 달려가고 있다.

일반적인 저녁 시간을 넘겼는데 회사로 찾아올 손님이 누가 있을까.

기자들이나 이상한 사람이었다면 비서팀장이 알아서 처리했을 것이다.

—혹시 박우식이라는 사람 아세요? 학생으로 보이는데 대표님이 회사로 찾아오라고 하셨다는데 확인차 전화드렸어요. 번거롭게 해드려 죄송해요.

"아……."

최치우는 그제야 납득이 갔다.

그래비티를 실전처럼 수련한 첫날, 마포대교에서 구해준 박우식이 올림푸스로 찾아온 것이다.

최치우는 박우식의 사연을 듣고 안타까움을 느꼈었다.

그래서 제대로 살고 싶으면 올림푸스로 찾아오라는 말을 남겼다.

이후 며칠 동안 잠잠해서 잊고 있었는데, 정말 박우식이 찾아온 것이다.

"내 손님 맞아요. 금방 갈 테니 회사에 데리고 있어줄래요?"

—비서팀 전체 오늘 야근이라 괜찮아요. 인사팀에서 공채 지원자 서류 전형 도와달라고 해서요.

"고생들 많이 하는 거 다 알고 있습니다. 이태원 나온 김에 맛있는 야식 좀 사갈 테니 기다려요."

—네, 대표님!

야식이라는 말에 비서팀장의 목소리가 한 톤 올라갔다.

전화를 끊은 최치우는 인스타그램에서 이태원 맛집을 검색했다.

혼자 먹을 게 아니라 직원들과 함께 먹을 음식이니 실패하면 안 된다.

그는 맛집 정보를 찾으며 박우식의 얼굴을 그려봤다.

"이왕이면 업무 시간에 올 것이지. 음… 사회생활을 안 해봐서 개념이 없겠군. 나쁜 놈 같지는 않았으니까."

최치우는 박우식에게 손을 내밀었고, 그는 올림푸스로 찾아오며 의지를 보였다.

그것으로 충분하다.

마법을 수련하다 우연히 만난 사이지만, 스치는 인연으로 끝날 것 같지 않았었다.

험난한 세상에서 홀로 발버둥 쳤지만, 평생 배신만 당해온 박우식에게 최치우라는 이름의 한 줄기 기연이 내려온 것이다.

하필 그날, 그 시간 마포대교에서 자살을 시도했던 게 박우식 인생 최고의 행운이 된 셈이다.

*　　　*　　　*

박우식은 쭈뼛거리며 앉아 있었다.

올림푸스의 여의도 본사는 사람을 주눅 들게 만들기 충분하다.

외관은 현대식 빌딩이고, 내부에서는 한강과 여의도 빌딩숲이 통유리 너머로 내려다보이기 때문이다.

최치우는 불안한 자세로 고개를 숙이고 앉아 있는 박우식의 어깨를 두드렸다.

"죄 지었어? 왜 그러고 있어."

"아, 안녕하세요."

박우식은 막상 올림푸스 사무실을 찾아오긴 했지만, 진짜 최치우를 다시 만나게 되니 어찌할 바를 몰랐다.

최치우는 TV에 나오는 유명인 수준이 아니다.

지난 며칠 박우식은 최치우가 어떤 사람인지 열심히 찾아봤다.

24살, 나이는 자신보다 겨우 3살 많은데 세상을 바꾸는 기업의 CEO.

개인 자산만 6조 원이 넘는 젊은 부자.

뉴욕타임즈 1면에 인터뷰가 실릴 정도로 이슈를 몰고 다니는 글로벌 슈퍼스타.

그런 사람을 마포대교에서 자살을 하려다 만난 것도 신기했지만, 이렇게 올림푸스 본사에서 또 볼 줄은 몰랐다.

박우식은 자기 발로 찾아왔으면서도 현실 같지 않고 꿈을 꾸는 것 같았다.

최치우는 한강에서 막 나왔을 때처럼 얼어 있는 박우식을 보며 웃었다.

그러다 금방 표정을 굳히고 입을 열었다.

"박우식, 너 여기 왜 왔어?"

"네? 그, 그건……."

"내가 제대로 살고 싶어지면 오라고 했지. 그렇게 얼이 빠져서 잘도 제대로 살겠다.”

“죄송합니다.”

“사과하지 마. 잘못한 거 없을 때 하는 사과는 예의가 아니라 비굴함이니까.”

최치우가 다부지게 말했다.

박우식도 정신을 차린 듯 고개를 들고 최치우를 쳐다봤다.

가만히 보면 꽤 잘생긴 얼굴이다.

다만 자신감이 결여돼 있어 인상이 어둡게 느껴졌다.

“그럼 하나만 물어봐도 될까요? 대, 대표님?”

“그래. 편하게.”

“그날… 저를 어떻게 보셨고, 왜 여기로 오라고 하신 건지 궁금합니다.”

“배가 불렀군.”

“네?”

“지금 찬밥 더운밥 가릴 처지인가. 내가 마포대교에서 널 어떻게 봤고, 무슨 이유로 호의를 베푸는지 알면 뭔가 달라지나?”

최치우는 일부러 더 냉정하게 말했다.

이왕 기연을 베풀기로 한 이상 단기간에 박우식을 환골탈태시킬 작정이었다.

“……”

박우식은 잠시 침묵을 지켰다.

최치우는 그를 재촉하지 않고 가만히 쳐다만 봤다.

여기서 박우식이 어떻게 나오는지가 중요하다.

태도를 보면 대충 싹수를 알 수 있기 때문이다.

"…살고 싶어요."

"뭐라고?"

"대표님이 한강에서 말한 것처럼… 제대로 살고 싶어요. 억울해서라도 딱 한 번은 제대로 살아보고 싶습니다!"

꾸밈없이 진솔한 외침이 최치우를 흡족하게 만들었다.

그는 대표실에 있는 드립 머신으로 손수 커피를 내려줬다.

곧이어 은은한 원두 향이 대표실을 가득 채웠다.

"마시면서 이야기하자."

"고맙습니다."

최치우와 박우식이 커피 잔을 놓고 마주앉았다.

한 모금 목을 적시며 향기를 음미한 최치우는 곧장 본론을 꺼냈다.

"그날 한강에서 너의 인생사를 들었지만… 솔직히 말해서 넌 엄청 뒤처져 있어."

"알고 있어요."

"그걸 따라잡기 위해서는 죽을 각오를 해야 된다. 벌써 그만한 각오는 나한테 보여줬었지?"

박우식이 말없이 고개를 끄덕였다.

마포대교에서 뛰어내릴 각오로 최치우가 시키는 건 뭐든 하려고 마음먹었다.

최치우는 박우식의 눈동자를 바라봤다.

세상을 살면서 좋은 기억이 별로 없을 텐데 눈동자는 맑았다.

남 탓을 하며 비뚤어진 사람의 눈빛이 아니었다.

자살을 시도했던 것도 비난의 화살을 자기 자신에게 돌렸기 때문이다.

'이만하면 괜찮은 그릇이군.'

환경이 열악해서 기구한 운명을 견뎌냈을 뿐, 박우식이 남들보다 못 할 건 없다.

최치우는 그가 원하는 기회를 주기로 결정했다.

"우식아."

"네, 대표님."

어느새 서로를 부르는 게 제법 자연스러워졌다.

최치우는 짐짓 눈을 부릅뜨고 묵직한 질문을 던졌다.

"니가 생각하는 제대로 사는 삶이 뭐지?"

"우선 돈을 많이 벌고……."

"그건 기본이고."

"그런데 돈만 많이 버는 게 아니라 남들에게 존경도 받고, 또 사람들을 도울 수 있고……. 매일 똑같은 반복이 아니라 새로운 기분이 드는 삶이요. 그게 제대로 사는 거 아닐까요?"

박우식의 대답은 딱히 특별하지 않았다.

하지만 번뜩이는 아이디어가 최치우의 뇌리를 스치고 지나갔다.

"너한테 딱 어울리는 게 있다."

"어떤 건가요?"

박우식이 기대감 어린 눈빛으로 최치우를 쳐다봤다.

마치 어린 동생이 간식을 갖고 온 형님을 똘망똘망하게 보는 것 같은 얼굴이었다.

최치우는 웃음을 참으며 말했다.

"한의사가 돼라."

"하, 한의사요?"

박우식의 눈이 경악으로 물들었다.

인생을 바꿔준다더니 갑자기 한의사가 되라는 말은 너무 뜬금없었다.

그러나 최치우는 진지했다.

남의 인생을 가지고 농담을 하는 취미는 없었다.

그는 더더욱 힘주어 다시 말했다.

"평범한 한의사 말고, 대한민국 최고의 한의사. 죽을 각오로 따라오면… 반드시 그렇게 만들어준다."

최치우는 아직 하지 못한 말이 있었다.

그는 무림에서 환생했을 때 혈도에 대한 지식을 배웠다.

점혈법을 비롯해 가르쳐 줄 수 있는 게 적지 않았다.

천하제일검 이태민이 전신 혈도와 기경팔맥 다루는 법을 알려준다는 뜻이다.

박우식이 습득만 잘하면 대한민국, 아니 세계 최고의 한의사가 되고도 남을 것이다.

'한의사로 잘 키워서 허철후 어르신과 함께 올림푸스의 제약

파트를 맡기면 되겠어.'

최치우는 벌써 미래의 큰 그림을 그리고 있었다.

반면 박우식은 자신에게 주어진 행운이 얼마나 거대한 것인지 실감하지 못했다.

하지만 곧 깨닫게 될 것이다.

최치우를 만남으로써 세계 최고의 한의사가 될 수 있는 길이 열렸다는 사실을.

바닥을 전전하던 박우식의 외로운 인생에 역전 홈런 찬스가 도래했다.

최치우는 혼자만 잘사는 게 아닌, 남도 잘살 수 있게 하는 능력을 발휘하기 시작했다.

그의 현생이 예전의 전생들과는 다른 방향으로 진화하고 있었다.

5장
위대한 발견

소일거리가 늘었다.

최치우는 박우식이라는 원석을 다듬기로 결심했다.

알면 알수록 박우식은 진국이었다.

어려서부터 최악의 상황을 연달아 맞이했지만, 성품이 올곧고 맑았다.

너무 순수한 게 흠이라면 흠이었다.

사람을 잘 믿어서 사기를 당했지만, 그럼에도 불구하고 비뚤어지지 않았다.

최치우는 박우식에게 엄청난 과제를 내줬다.

낮에는 올림푸스에서 인턴이 되어 잡일을 돕고, 밤에는 죽도록 공부를 해야 한다.

말이 쉽지 주경야독(晝耕夜讀)은 아무나 할 수 있는 게 아니다.

그러나 박우식은 묵묵히 맡은 바 역할을 해내고 있었다.

올림푸스 직원이 되고 싶어 8만 명이 넘게 지원했다는 사실을 그도 알게 됐다.

정직원은 아니지만, 인턴이 된 것도 어마어마한 특혜다.

고시원 월세나 생활비 걱정도 더 이상 할 필요가 없었다.

처음 해보는 사무직 업무가 힘들 수밖에 없지만, 기대 이상으로 자질구레한 잡일을 잘하는 편이었다.

소위 일 머리가 있는 것이다.

퇴근하고 밤에 하는 공부도 박우식에겐 즐거운 일이었다.

많은 사람들은 공부를 싫어하고, 또 어려워한다.

하지만 공부를 하고 싶어도 기회가 없어 하지 못하는 사람들이 여전히 존재한다.

박우식도 도저히 공부를 할 수 없는 환경에서 살아왔다.

학원은 사치고, 참고서 한 권 사기 힘든 처지였다.

학교 선생님들도 고아인 박우식을 무시하고 신경 쓰지 않았었다.

그런데 최치우는 인턴 월급을 가불해서 참고서를 구입하고, 인터넷 강의를 듣게 만들었다.

"나도 고3 초반까지 성적이 나빴어. 근데 1년 동안 죽을 각오로 공부해서 S대에 들어갔지. 한강에서 뛰어내릴 각오면 수능은 별거 아니다."

최치우의 말은 실제 경험담이었다.

그렇기에 박우식에게 더 큰 용기를 줬다.

물론 평범한 사람과 최치우를 비교하면 안 된다.

타고난 재능과 과거의 경험 등 여러 부분에서 최치우는 치트키를 쓴 셈이다.

그러나 롤 모델이 있고 없고는 많은 차이를 자아낸다.

가난한 집안 출신으로 뒤늦게 정신 차려 공부한 최치우의 이야기는 박우식을 비롯해 많은 학생들에게 롤 모델이 되고 있었다.

박우식은 공부를 할 수 있고, 미래를 꿈꾸게 됐다는 사실만으로도 감격했다.

"2년 줄게. 앞으로 1년 동안 인턴으로 일하면서 공부에 적응하고, 다음 1년은 오직 공부만. 생활비는 이번 1년치 인턴 월급에서 모은 걸로 충당하면 되고. 그렇게 2년 뒤에 수능 쳐서 한의대 들어가는 거다. 일단 한의대에 들어가기만 하면… 넌 세계 최고가 될 수 있어."

최치우는 구체적인 로드맵을 제시했다.

1년은 주경야독, 그 뒤 1년은 공부에 올인이다.

틈틈이 최치우가 공부를 도와주고, 혈도에 대한 기본 지식을 전수해 줄 생각이었다.

박우식이 인생을 걸고 따라온다면 2년 안에 충분히 성과를 볼 수 있을 것이다.

최치우는 두뇌를 맑게 해주는 점혈법과 추궁과혈로 박우식에게도 치트키를 선물해 줄 계획이기 때문이다.

하지만 공짜는 없다.

그는 1년 동안 인턴 일을 시키면서 직접 번 돈으로 생활을 하라고 못을 박았다.

올림푸스는 인턴에게도 웬만한 정규직 월급보다 많은 돈을 준다.

그렇기에 1년만 일해도 다음 1년 생활비까지 걱정이 없을 것이다.

최치우가 박우식에게 굳이 일을 시키는 이유는 분명했다.

이 세상에 행운은 있어도 절대 공짜는 없음을 알려주기 위해서였다.

그리고 또 하나, 박우식이 인턴으로 일하는 동안 부족한 사회성을 기르길 바랐다.

박우식은 세상에 대해 몰라도 너무 모른다.

이대로 시간이 지나면 기껏 한의사가 돼도 이용만 당할 것 같았다.

하지만 올림푸스 직원들과 부대끼며 일을 하면 자연스레 사회를 알게 될 것이다.

최치우는 여러 각도에서 깊이 고민해 최선의 길을 열어줬다.

박우식의 인생에 개입하기로 마음먹은 이상, 가볍게 장난을 칠 수는 없다.

"대표님이 주신 기회… 목숨 걸고 보답하겠습니다."

"믿는다. 2년 뒤 한의대 입학 성공하면 그땐 형님이라고 불러."

"네? 아… 네! 반드시 형님이라 부르고 싶습니다, 대표님."

최치우는 순박한 박우식의 모습에 피식 웃음을 터뜨렸다.

박우식도 감동하긴 마찬가지였다.

이제껏 자신을 향해 믿는다고 말해준 사람이 한 명도 없었기 때문이다.

그런데 24살에 한국 10 대 기업을 이룩한 최치우가 믿는다는 말을 해줬다.

심장이 뜨거워지지 않을 수 없다.

'내가 널 만난 게 우연이 아니라 운명이었음을 스스로 증명해라.'

최치우는 박우식을 천천히 지켜보며 냉정하게 평가할 것이다.

기연을 베풀기로 했지만, 어디까지 도와줄지는 박우식의 태도에 따라 달려 있다.

잘못하면 최치우에게 전수받은 능력으로 사회에 해악을 끼치거나 거만해질 수도 있다.

괜찮은 싹수를 가졌어도 사람은 어떻게 변할지 모른다.

'이게 제자를 키우는 사부의 마음인가?'

최치우는 다른 차원에서 자신을 키웠던 사부들을 떠올리며 미소를 지었다.

어쩌면 박우식을 가르치며 최치우도 깨닫는 게 많을지 모른다.

사람을 키우는 것은 완전히 다른 분야의 수련이기 때문이다.

최치우와 박우식의 만남이 긍정적인 나비효과를 일으킬지는 시간이 알려줄 것이다.

최치우는 부디 자신의 기대가 어긋나지 않기를 바랐다.

* * *

팟—!

순간적으로 넘치는 마나가 모였다.

대자연에 흐르는 마나를 몸 안에 모으고, 주문 배열까지 마친 최치우는 가볍게 캐스팅을 했다.

"플래쉬(Flash)."

말이 떨어지기 무섭게 최치우의 몸이 번쩍 하며 사라졌다.

그가 아예 없어진 것은 아니다.

부엌에 있는 식탁 앞에서 눈 깜짝할 사이에 거실 소파 앞으로 이동한 것이다.

순간 이동이라고 부를 수밖에 없었다.

무공과는 또 다른 효과다.

경공을 펼치면 이형환위처럼 잔상을 남길 수 있고, 장거리를 자동차보다 빠르게 주파할 수도 있다.

당연히 짧은 거리를 도약하는 것 역시 가능하다.

하지만 방금처럼 0.1초도 흐르기 전에 부엌에서 거실까지 공간을 뛰어넘을 수는 없다.

플래시는 7서클의 벽을 넘어서며 펼칠 수 있게 된 새로운 마법이다.

원리는 복잡하지만, 아주 짧은 거리에서 유효한 순간 이동과 비슷하다.

마법을 펼친 자기 자신이 아닌 사물도 이동시킬 수 있다.

최치우는 곧바로 시험에 들어갔다.

“플래쉬.”

캐스팅은 같지만, 주문 배열이 미세하게 달라졌다.

이번에 순간 이동을 시킬 대상은 거실 탁자 위에 놓인 물컵이었다.

파팟!

쨍그르르—

소파 앞 탁자에 놓여 있던 물컵이 부엌 입구 바닥에서 나뒹굴었다.

순식간에 물컵을 이동시키는 데 성공한 것이다.

그러나 최치우는 진한 아쉬움을 느꼈다.

“쉽지 않군. 확실히 사물을 옮기는 건 복잡해.”

100% 성공이 아니었다.

플래쉬가 제대로 펼쳐졌으면 물컵이 부엌 식탁 위로 갔어야 한다.

멀쩡한 물컵이 거실 탁자에서 부엌 입구까지 순간 이동을 한 것도 믿기 어려운 일이지만, 최치우를 만족시킬 수는 없었다.

"연습만이 생명이다."

최치우는 피로감을 느꼈지만 또 마나를 모으기 시작했다.

플래쉬와 그래비티 모두 다양한 변수를 만들 수 있는 마법이다.

최치우는 정면으로 우직하게 부딪쳐서는 정령왕을 상대하기 힘들 거라 생각했다.

최상급 물의 정령 아도니스도 이형환위라는 변칙에 당했다.

무공과 마법의 조화, 더 나아가 7서클 마법 플래쉬나 그래비티를 자유자재로 활용해 예상을 깨야 한다.

그래야만 샐러맨더나 아도니스보다 강한 존재를 만나도 살아남을 수 있다.

"플래쉬—!"

바닥을 구르던 물컵이 부엌 식탁 위로 올라갔다.

한 번에 성공하지는 못했지만, 계속 연습을 하다 보면 나아질 것이다.

사실 최치우는 무리를 하고 있었다.

7서클 마법을 연달아 펼치면 심각한 정신적 스트레스를 받게 된다.

급격한 마나 소모로 체력이 고갈되는 것은 기본이다.

언뜻 보면 가만히 서서 주문이나 외우는 것 같지만, 최치우의 수련은 국가 대표 운동선수들 이상으로 치열했다.

"잠시 쉬어야겠다."

최치우는 머리가 핑 도는 걸 느끼며 소파에 주저앉았다.

그는 푹신푹신한 소파에 파묻혀 심호흡을 했다.

힘들긴 하지만 아슬란 대륙에서 마법을 배울 때보다는 훨씬 낫다.

신의 영역이라 불리는 9서클, 현자 클래스까지 도달한 경험이 있기 때문이다.

게다가 무공과 마법을 한 몸에 익혀서 생긴 이점도 적지 않다.

내공과 외공은 최치우의 체력을 받쳐주는 든든한 기둥이다.

마법적 능력은 탁월하지만 몸은 허약했던 제로딘 시절보다 나은 게 많다.

아슬란 대륙에서는 마법을 처음 배우느라 무공을 익힐 겨를이 없었다.

무공과 마법이 시너지 효과를 낸다는 사실은 현대에서 깨달은 것이다.

—설렌다면 라이키—! 라이키—!

그때 식탁에 올려둔 폰에서 벨소리가 울렸다.

보통 진동 모드를 해두지만, 집에서는 벨소리로 바꿔놓을 때도 있다.

최치우는 오랜만에 자기 폰 벨소리를 들으며 웃음을 터뜨릴 수밖에 없었다.

가끔씩 만나 로맨스를 나누는 걸그룹 트웬티즈의 나윤이 신곡을 벨소리로 지정해 뒀기 때문이다.

"노래 들으니까 생각이 나는군. 시간 있을 때 오랜만에 얼굴이나 봐야겠다."

최치우는 청순 미인의 전형인 나윤을 떠올렸다.

그녀는 최치우에게 많은 것을 바라지 않았다.

그저 서로가 원할 때 연락하고 만나는 것으로 만족했다.

살벌한 경쟁을 뚫고 최고의 아이돌이 된 나윤은 무척 똑똑한 여자였다.

어설프게 구속하려 해봤자 최치우라는 남자를 절대 가질 수 없다는 걸 잘 알고 있었다.

"플래쉬!"

최치우는 다시금 7서클 마법 플래쉬를 펼쳤다.

탁!

캐스팅이 끝나자 부엌 식탁에서 벨소리를 내던 폰이 거실 탁자로 올라왔다.

물컵은 실패했지만, 폰으로는 성공한 것이다.

최치우는 기분 좋게 한쪽 주먹을 불끈 쥐며 전화를 받았다.

"네, 교수님."

전화를 건 사람은 김도현 교수였다.

새해가 엊그제 같은데 어느덧 3월이다.

최치우의 투자로 진용을 단단히 갖춘 미래 에너지 탐사대는 연구 성과를 내기 위해 노력하고 있었다.

요즘 부쩍 최치우와 김도현의 통화도 잦아졌다.

—치우 군, 통화 괜찮아요?

"그럼요."

—아직 더 지켜봐야겠지만… 가능성을 찾은 것 같아요.

"가능성이라면, 소울 스톤에 담긴 에너지를 추출할 가능성을 말하시는 거죠?"

최치우의 가슴이 요동치기 시작했다.

한참은 더 걸릴 줄 알았는데 김도현 교수가 실마리를 찾은 것이다.

설령 한 번에 성공하지 못해도 상관없다.

우선 가능성을 찾아냈다는 데 의의를 둘 수 있다.

그렇게 하나둘 의미 있는 실험을 반복하다 보면 정답이 나오게 마련이다.

에너지 연구 분야에서 첫 술에 배부르길 바라면 안 된다.

조급증으로 인류의 미래를 바꿀 연구를 그르칠 수는 없다.

그렇지만 최치우도 인간이기에 기대감이 무럭무럭 자라는 건 당연했다.

—이번에 하버드에서 합류한 마틴 그랜트 교수가 가설을 세웠어요. 그런데 실험해 볼 가치가 충분한 것 같아서 말이지요.

최치우는 거세게 뛰는 심장을 진정시켰다.

소울 스톤을 공개하며 우수한 해외 인력들이 미래 에너지 탐사대로 유입됐다.

그중 한 사람이 획기적인 아이디어를 낸 것이다.

"간단하게 설명을 부탁드립니다, 교수님."

—우리는 이제까지 소울 스톤을 원자력이나 화력처럼 동일

한 특성의 에너지원으로 생각했어요. 그렇지만 붉은 소울 스톤은 화력을, 푸른 소울 스톤은 수력을 담고 있다고 발상을 전환해 보았지요.

"제가 말씀드렸던 소울 스톤의 개별 속성대로 연구를 진행하셨군요."

—맞아요. 그래서 붉은 소울 스톤에 일반 레이저가 아닌 초고강도 레이저를 쏘게 되면… 어쩌면 붉은 소울 스톤 안에 담긴 에너지가 열기로 발산되지 않을까, 결국 그 열기와 증기로 터빈을 돌려 전기를 생산할 수 있을 것 같다는 가설을 수립하게 된 것이지요.

김도현 교수는 화력 발전의 원리를 샐러맨더의 소울 스톤에 대입시키려 했다.

언뜻 들어도 가능성이 충분한 아이디어였다.

그런데 심각한 문제가 남아 있었다.

—치우 군, 이 실험을 하게 되면 최악의 경우… 소울 스톤이 파괴될 지도 몰라요.

최치우는 깊은 고민에 잠겼다.

소울 스톤 하나의 가치는 최소로 추정했을 때 열병합발전소 건설비 7,000억 원 이상이다.

만약 실험 과정에서 소울 스톤이 파괴되면 단순히 7,000억을 잃는 것으로 끝나는 게 아니다.

소울 스톤의 존재로 한껏 올라간 올림푸스의 주식 역시 치명적인 타격을 입게 될 것이다.

한번 올라간 주식이 폭락하는 것은 원상 복귀라고 할 수 없다.

보나마나 회사의 존립이 위태로워진다.

"지금 가겠습니다. 만나서 이야기하시죠."

—그래요, 기다리고 있을게요.

최치우는 곧장 S대로 움직일 채비를 했다.

전화로 결정하기엔 너무 중대한 문제였다.

소울 스톤과 올림푸스의 운명이 갈림길에 선 것 같았다.

* * *

최치우는 S대를 향해 운전대를 잡고 생각을 정리했다.

소울 스톤이 파괴될 수도 있다는 건 그저 그런 리스크가 아니다.

올림푸스는 언제나 리스크를 감수하는 걸 두려워하지 않았었다.

하이 리스크, 하이 리턴을 철저히 신봉했기에 지금처럼 급성장할 수 있었다.

그렇지만 소울 스톤은 극도로 희귀한 자원이다.

다른 도전 같으면 이번에 실패해도 다음 기회를 노리면 된다.

그러나 소울 스톤은 구하기 힘들뿐 아니라 전체 수량도 한정적이다.

지구에 존재하는 정령의 개체가 무한정 많지는 않기 때문이다.

"교수님이 쉽게 꺼낸 말은 아닐 텐데……."

최치우는 김도현의 성격을 잘 알고 있었다.

아이디어 자체는 하버드에서 온 마틴 그랜트 교수가 냈다고 한다.

하지만 김도현 교수와 다른 연구진들도 심도 깊은 분석을 해 봤을 것이다.

그 결과 가능성이 있는 실험이기에 최치우에게 말을 꺼냈을 터.

김도현 교수가 무턱대고 아이디어를 던지고 보는 사람은 아니었다.

최치우에게 전화를 걸어 말을 꺼내기 전까지 고민에 고민을 거듭했을 것 같았다.

"결국 내가 책임지고, 결정을 내려야 한다."

액셀을 세게 밟으며 달려가는 최치우의 표정을 읽기 힘들었다.

S대에 도착해서 자세한 설명을 들어도 본질은 달라지지 않는다.

김도현 교수와 연구진은 의견을 제시할 뿐이다.

최종 결정을 내리는 사람도, 그에 따른 책임을 질 사람도 최치우다.

미래 에너지 탐사대의 연구진이 독자적으로 위험한 실험을 계속할 수는 없다.

반드시 최치우의 결재가 필요하다.

승인을 해줄 경우 어떤 실험 결과가 나와도 연구진을 탓하면 안 된다.

최소 7,000억의 가치, 그리고 회사의 주가를 떠받치는 기둥인 소울 스톤 하나를 걸고 최치우가 모든 책임을 짊어져야 한다.

누구라도 부담을 느낄 수밖에 없다.

최치우는 복잡한 생각을 하나씩 정리하며 서울의 도로를 거슬러 갔다.

이윽고 S대에 도착한 최치우는 차에서 내리자마자 빠르게 움직였다.

꼬리에 꼬리를 물고 이어지는 생각을 다듬기 위해선 1초라도 빨리 김도현 교수를 만나야 될 것 같았다.

"교수님."

최치우의 목소리가 낮게 깔렸다.

그는 공대 건물 내부에 새롭게 꾸며진 미래 에너지 탐사대 연구실로 들어왔다.

예전에 비해 한참 까다로워진 보안 장치를 거쳐서 들어온 것이다.

소울 스톤을 공개한 이후 미래 에너지 탐사대가 있는 S대 공학관은 특급 보안 시설이 됐다.

대한민국 수도 서울에서 감히 S대 건물을 털려고 하는 정신

나간 사람은 거의 없겠지만, 그래도 혹시 모르는 일이다.

올림푸스는 최신식 보안 시설은 물론, 365일 24시간 공학관 건물을 지키는 경비업체도 선정했다.

덕분에 최치우마저 일일이 엄격한 확인 절차를 거쳐야만 미래 에너지 탐사대 연구실로 진입할 수 있었다.

"치우 군, 바로 와줬군요."

"중요한 일이라 서둘렀습니다. 어디서 이야기를 나눌까요?"

"여기서 하죠. 내가 마틴 교수를 데려오겠어요."

최치우는 회의실 겸 응접실로 사용되는 넓은 방의 소파에 앉았다.

급하게 달려온 최치우뿐 아니라 김도현도 평소보다 정신이 없어 보였다.

최치우가 오면 늘 따뜻한 차를 먼저 내주었던 김도현 교수였지만, 오늘은 곧장 마틴 교수를 부르러 연구실 깊숙이 들어갔다.

곧이어 김도현 교수가 처음 보는 백인 남성을 데리고 나왔다.

최치우는 그가 하버드에서 온 마틴 그랜트 교수라는 걸 바로 알아차렸다.

"반갑습니다, 최치우입니다."

최치우가 능숙한 영어로 악수를 청했다.

마틴 교수는 살짝 긴장한 듯 최치우의 손을 잡으며 고개를 숙였다.

"마틴 그랜트입니다. 만나게 되어… 영광입니다."

세계에서 손꼽히는 전문가도 최치우를 연예인 바라보듯 쳐다봤다.

사실 당연한 일이다.

최치우는 지난 몇 년 동안 콧대 높은 학계에서도 범접하기 힘든 업적을 이룩했기 때문이다.

특히 소울 스톤이라는 무한한 가능성을 지닌 물질을 발견한 것은 노벨상 감이었다.

상당히 젊은 나이에 하버드 교수가 된 마틴은 진심으로 최치우를 존경하는 듯했다.

소울 스톤에 대한 궁금증도 있지만, 프로젝트의 리더이자 창립자인 최치우에 대한 확신이 없다면 하버드 교수 자리를 던지고 한국까지 날아오기 힘들었을 것이다.

그래서일까.

처음으로 최치우를 직접 만난 마틴은 이미 어느 정도 감격한 기색이었다.

한국 사람들이 생각하는 것 이상으로 최치우의 국제적인 명성은 더욱 엄청났다.

"마틴, 소울 스톤에서 에너지를 추출하는 방식에 대해 설명을 해주겠어요?"

서로 인사가 끝나자 김도현 교수는 사회자 역할을 자임했다.

전화로 간단히 설명을 마쳤지만, 아이디어를 제시한 마틴이 이야기하면 더 와닿을 것 같았다.

마틴은 침을 꼴깍 삼키고 입을 열었다.

"아시는 것처럼 전력 발전은 대부분 터빈을 돌리는 방식으로 이뤄지고 있습니다."

"그렇죠. 원자력, 화력, 수력 모두 어떤 힘을 이용하느냐가 다를 뿐."

최치우는 꽤 오래 휴학 중이지만 S대 에너지자원공학과가 배출한 최고의 학생이다.

기본적인 전력 발전의 원리 정도는 꿰뚫고 있었다.

마틴은 고개를 끄덕이며 설명을 이어갔다.

"화력 발전의 경우 강력한 열이 증기를 발생시키고, 그 증기가 터빈을 돌리는 것입니다. 물론 그만한 화력을 내기 위해서는 대기오염 등 여러 문제가 뒤따릅니다만……."

"핵심만 짧게 부탁해요."

최치우는 이론 수업을 듣는 학생이 아닌 수천억 원, 아니 수조 원 짜리 프로젝트의 리더다.

그렇기에 자연스럽게 CEO이자 오너로서 지시를 내릴 수 있었다.

그의 포스는 하버드 교수 출신도 꼼짝 못 하게 만들었다.

마틴은 고개를 끄덕이며 정신을 다잡았다.

하버드를 포기하고 왔지만, 미래 에너지 탐사대는 외국 연구진에게 세계 최고의 대우를 보장하고 있다.

그만큼 돈이 많이 들고, 그 돈은 최치우와 올림푸스에서 나온다.

냉정하게 봤을 때 최치우는 마틴의 고용주이자 학계에서 손에 꼽히는 후원자인 셈이다.

마틴은 최치우에게 강렬하고 좋은 인상을 심어줘야 할 필요가 있었다.

“소울 스톤에 고유의 속성이 있다는 말씀을 들었습니다. 실제로 측정 과정에서 붉은 소울 스톤은 화력과 유사한 에너지를 담고 있는 것을 확인했습니다.”

“아직 두 개의 소울 스톤밖에 찾지 못했지만, 고유한 특성은 내 예측이 맞을 겁니다. 붉은색은 화력, 푸른색은 수력과 비슷하겠군요.”

최치우는 소울 스톤이 정령에서 나온 것이란 사실을 아는 유일한 사람이다.

그렇기에 학계 최고의 과학자들에게 결정적 힌트를 줄 수 있었다.

“네, 붉은 소울 스톤 안에 담긴 에너지가 화력과 유사하다면……. 초고강도 레이저로 소울 스톤을 자극했을 때 엄청난 열기가 배출될 가능성이 있습니다. 그 열기로 증기를 만들고, 터빈을 돌려 전기를 생산하는 구동 방식을 설계하면 새로운 형태의 발전소가 될 것입니다.”

“화력 발전소인데 인위적으로 불을 태우지 않고, 소울 스톤이 그 역할을 대신하는 발전소가 그려지네요. 건설비와 유지비 모두 훨씬 적게 들고, 환경성도 비교 불가능한.”

“결정적으로 초고강도 레이저가 에너지원 자체를 소모시키는 게 아닌 경우 지속적인 열기 배출과 전기 발전이 가능할 수 있습니다."

마틴은 말을 마치며 들고 온 랩탑 컴퓨터에서 이런저런 화면을 보여줬다.

전문 용어와 복잡한 수식이 가득 찬 화면이 슥슥 넘어갔고, 조목조목 알기 쉬운 설명을 곁들이는 마틴의 목소리가 뒤따랐다.

최치우는 추가적인 분석을 들으며 생각을 정리했다.

마틴과 김도현 교수가 초고강도 레이저 실험을 언급한 이유를 알 것 같았다.

이 방식이 아니면 소울 스톤 내부의 에너지를 밖으로 끌어내기 힘들다.

게다가 성공할 경우 소울 스톤의 에너지는 반영구적으로 보존하면서 화력 발전의 효과를 볼 수 있다.

물론 레이저 시스템과 정밀 측정기, 증기 터빈 등의 시설이 갖춰진 발전소를 건립하고 유지해야 한다.

대신 화력을 만드느라 쓰이는 막대한 비용과 인력 대신 샐러맨더의 소울 스톤 하나만 있으면 발전소를 계속 돌리는 게 가능하다.

분명히 해볼 만한, 아니 할 수밖에 없는 실험이었다.

"실험 성공 확률은 얼마나 될까요?"

깊은 이야기를 나눈 후 최치우가 중요한 질문을 던졌다.

마틴의 아이디어는 매력적이었고, 기반이 되는 이론과 자료

또한 구체적이었다.

그렇지만 리스크가 너무 크다.

마틴은 잠시 주저하다 대답했다.

"정확한 확률을 내기는 힘듭니다. 하지만 소울 스톤의 코어가 파괴 될 가능성이 70%입니다."

"7 대 3이면 도박을 하기도 힘든 확률인데……. 그렇게 계산이 나온 근거는 무엇입니까?"

"소울 스톤의 외피 강도와 재질 특성을 분석한 결과, 초고강도 레이저의 자극을 견디지 못하고 파괴될 것이 확실합니다. 다만 내부의 에너지는 중대형발전소를 뛰어넘을 정도로 어마어마한데, 강도가 약한 외피가 그만한 내부 에너지를 감당하고 있습니다. 이를 미루어 초고강도 레이저의 자극으로 내부 에너지가 외부로 발산되는 현상까지 견딜 확률을 시뮬레이션 프로그램으로 계산했습니다. 총 1만 3,720회의 가상 실험에서 3,815회 성공하는 것으로 시뮬레이션 결과가 나왔습니다."

"시뮬레이션 오차 정도는?"

"오차 범위 4% 이내였습니다."

"음."

최치우는 입술을 굳게 다물었다.

마틴과 김도현 교수는 가만히 앉아 최치우를 기다렸다.

오늘 그들이 할 수 있는 역할은 끝났다.

더 이상 질문을 하거나 설명을 덧붙이는 것도 무의미하다.

이제는 온전히 최치우가 선택을 내려야 할 영역이다.

탁— 탁—

최치우는 손가락으로 소파의 팔걸이 부분을 두드렸다.

사실 대략적인 결정은 S대로 달려오면서 이미 내렸지만, 자세한 설명을 듣고 한 번 더 검토를 하는 것이다.

"엄밀히 말해서 30%도 안 되는 확률, 시뮬레이션 오차를 고려하면 25%의 확률에 소울 스톤 하나를 걸어야 한다……."

그는 영어가 아닌 한국어로 혼잣말을 읊조렸다.

마틴과 대화를 나누는 게 아니라 자신의 머릿속에 떠도는 생각을 입으로 곱씹은 것이기 때문이다.

'샐러맨더의 소울 스톤을 잃는 것 자체가 두렵진 않아. 목숨 걸고 상급 불의 정령을 소멸시켜 얻었지만, 또 다시 찾아내면 그만이니까. 문제는 소울 스톤이 파괴됐을 때 시장과 주주들의 반응이다. 폭등했던 주가가 급락하고, 소울 스톤을 통한 대체 에너지 개발이 불가능하다며 온갖 악의적인 뉴스가 세상을 뒤덮으면… 그 타격은 올림푸스의 뿌리를 흔들겠지.'

작은 회사는 한번 넘어져도 쉽게 일어날 수 있다.

오히려 큰 회사들은 한 번의 결정적인 실수로 완전히 몰락하는 경우가 잦다.

덩치가 커지면 넘어졌을 때 입는 상처도 그만큼 심각해지기 때문이다.

보통의 경영자라면 25%의 확률에 도박을 하진 않는다.

이대로 현상을 유지만 해도 주식은 쭉쭉 오르고, 회사의 전 영역이 안정적으로 성장할 수 있다.

굳이 회사의 운명을 걸고 위험을 감수하지 않는 게 상식적인 판단이다.

그러나 최치우는 상식과 거리가 먼 CEO다.

상식을 따라왔다면 단기간에 올림푸스를 글로벌 기업으로 키우지도 못했을 것이다.

'만약 이 일로 올림푸스가 쓰러지면… 다시 바닥부터 일으켜야지. 소울 스톤을 더 많이 찾으면서. 내가 언제부터 잃을 게 두려워서 도전을 겁냈다고.'

가진 게 늘어나고, 지켜야 할 사람이 많아지면 누구나 약해지게 마련이다.

그러나 지킬 게 생겨야 더욱 강해지는 사람도 있다.

최치우는 현대에서 가족과 동료의 소중함을 깨달으며 더욱 강해졌다.

동시에 그들 때문에 약해지는 길은 과감히 거부했다.

"합시다."

"네?"

마틴은 'Do it'이라는 너무도 짧고 간단한 영어를 알아듣지 못했다.

말은 알아들었지만, 최치우의 뜻을 파악하지 못한 것이다.

설마 이토록 간단하게 엄청난 결정을 내렸을 거라고 상상하기 힘들었다.

하지만 김도현 교수는 은은한 미소를 짓고 있었다.

최치우를 오래 지켜본 그는 'Do it'이란 말을 듣자마자 의미를 깨달았다.

"성공 확률이 25%… 아니, 2%라고 해도 가만히 있으면 아무것도 해결되지 않습니다. 올림푸스는 위험에 정면으로 도전하며 성장했습니다. 4분의 1의 가능성을 도박이 아닌 축복으로 생각해야죠."

"그, 그럼……."

"붉은 소울 스톤으로 실험을 하겠습니다. 마틴 그랜트 교수님, 그리고 김도현 교수님. 올림푸스의 운명을 잠시 두 분의 손에 맡기겠습니다."

6장
4분의 1

4라는 숫자는 한자 문화권에서 오래도록 불길함의 상징으로 여겨져 왔다.

21세기, 스마트폰으로 전 세계가 연결되는 시대지만 여전히 웬만한 건물 엘리베이터에는 4층 대신 F 자가 표시돼 있다.

이유는 아주 간단하다.

죽을 사(死)와 발음이 같기 때문이다.

서양에서도 13이라는 숫자, 또는 666을 연상시키는 6이라는 숫자는 불길하게 여겨지는 편이다.

그래도 6층이나 13층을 다른 글자로 바꿀 만큼 유난스럽지는 않다.

확실히 서양에 비해 동양 삼국이 미신이나 징크스를 강하게 의식하는 것 같았다.

"소울 스톤을 공개하고 주식이 4배 올랐는데, 이제 4분의 1 확률로 실험을 하다 실패하면……. 우리 시총도 다시 4분의 1로 떨어질 수 있습니다."

최치우는 임동혁의 말을 듣고 인상을 찌푸렸다.

임동혁은 나름대로 라임을 맞춰서 농담을 한 것이다.

하지만 같은 자리에 앉아 있던 최치우와 김도현은 웃을 수 없었다.

머지않아 임동혁도 괜한 농담을 했다는 걸 깨달았다.

그의 농담이 진짜로 실현 가능성이 높은 최악의 시나리오이기 때문이다.

실험을 한 번 할 때, 4분의 1이 나올 확률보다 4분의 3이 나올 확률이 압도적으로 높다.

물론 25%의 가능성이 결코 낮은 수치는 아니다.

대부분의 주요 연구 실험은 0.1%의 가능성을 보고도 도전을 한다.

그렇게 수백 번의 실패를 거듭하며 조금씩 나아가는 것이다.

단 한 번의 기회밖에 없다는 차이점이 있지만, 성공 확률도 충분히 높은 셈이었다.

그러나 분위기를 풀자고 농담을 하기에는 실패하면 잃을 게 너무 많았다.

공기가 싸늘해진 것을 느낀 임동혁은 입을 다물었다.

본의 아니게 실수를 했을 때는 그냥 가만히 있는 것이 최선일 수 있다.

최치우는 표정을 풀고 김도현을 쳐다봤다.

"실험 날짜는 언제로 결정이 났습니까?"

중요한 실험을 위해서는 여러 준비가 필요하다.

최치우는 김도현과 마틴에게 사흘의 시간을 줬고, 오늘 회의에서 구체적인 실험 일정과 계획을 듣기로 했다.

김도현 교수는 지난 사흘 동안 밤을 샌 듯 평소보다 수척해진 모습이었다.

그가 안경을 콧대 위로 올리며 천천히 대답했다.

"나흘 뒤 최종 실험을 진행할 예정이에요. 그동안 지속적으로 시뮬레이션을 돌렸지요."

"시뮬레이션 확률은 달라진 게 있습니까?"

"여전히… 오차를 고려했을 때 25% 안팎의 성공률을 보여주고 있어요."

김도현 교수는 미안하다는 듯 말끝을 흐리며 대답했다.

하지만 최치우는 환하게 미소를 지었다.

"괜찮습니다. 계속된 시뮬레이션에도 확률이 떨어지지 않는군요. 25%의 성공 가능성은 안정적으로 확보된 셈 아닙니까."

"맞아요. 그리고 이렇게 말하긴 시기상조이지만……. 초고강도 레이저로 소울 스톤의 코어를 자극하는 시뮬레이션과 실험을 계속하게 되면, 언젠가 성공률을 대폭 높일 수 있을지 몰라요."

"실험 노하우와 기록이 쌓이면 나아질 여지가 있다는 말씀

이시군요."

"물론 해봐야 아는 부분이겠지요. 그러나 가능성이 보인다는 것은 나도, 마틴 그랜트 교수도 동의하고 있어요."

"좋습니다."

최치우가 손뼉을 짝 부딪쳤다.

힘을 내자는 의지가 간단한 동작에 담겨 있었다.

"4분의 1이라고 했죠, 임 이사님."

방금 전 적절하지 못한 농담을 뱉었던 임동혁이 눈짓으로 답했다.

그는 최치우가 한 번 더 타박을 할 거라 생각했다.

그러나 임동혁의 예상은 빗나갔다.

최치우는 밝은 목소리로 희망적인 메시지를 내보냈다.

"우리에겐 2개의 소울 스톤이 있습니다. 그리고 내가 소울 스톤을 2개 더 찾아내면… 적어도 1개의 소울 스톤에서는 성공적으로 에너지를 추출할 수 있게 됩니다."

"그거야 그렇습니다만."

임동혁은 떨떠름한 얼굴로 고개를 끄덕였다.

3개의 소울 스톤이 파괴되겠지만, 어쨌든 1개는 살아남아 중대형 발전소와 맞먹는 에너지를 생산하게 된다.

미래 에너지 탐사대가 가져온 확률로 보면 분명한 사실이다.

"잃어버릴지 모르는 3개의 소울 스톤에 집착하지 말고, 하나의 성공을 바라보면 됩니다. 한 번만 성공해도 세계 최초의 업적이니까. 게다가 김 교수님 말씀이 맞다면, 미래 에너지 탐사대도 점차 성공률을 높일 수 있겠죠. 나중에는 25%가 아닌 50%, 70%, 90%의 성공률로 소울 스톤의 에너지를 개발하게 될 겁니다."

이렇게 긍정적일 수 없었다.

최치우도 처음에는 25%라는 낮은 확률, 그리고 소울 스톤이 파괴될 수 있다는 리스크에 걱정을 했었다.

하지만 걱정한다고 바뀌는 것은 없다.

현재 단계에서는 초고강도 레이저 실험이 최선이다.

그렇다면 현실을 인정하고 직시해야 한다.

최치우는 정신 승리가 아닌, 현실에 기초한 대안을 제시하며 긍정의 힘을 키웠다.

"우리 각자 해야 할 일들이 있습니다."

김도현과 임동혁이 최치우를 바라봤다.

그의 입에서 보통 지시가 떨어지진 않을 것 같았다.

무려 소울 스톤을 걸고 실험을 진행하게 된 상황이다.

오늘 최치우가 말하는 부분은 무슨 일이 있어도 지켜야 한다.

"우선 나는 더 많은 소울 스톤을 찾아내기 위해 노력하겠습니다. 이게 구하기 쉬운 것은 아니지만… 그리고 견제도 심해지겠지만, 최선을 다해야죠. 교수님께선 실험 성공뿐 아니라 보안 유지에도 각별히 신경을 써주세요. 결과를 떠나서 실험이 진행된다는 사실 자체가 외부로 알려지면 안 됩니다."

"명심하겠어요."

"현재 미래 에너지 탐사대에서 소울 스톤 실험에 대해 알고 있는 사람이 몇 명이죠?"

"나와 마틴 교수, 우리 둘밖에 없어요. 다른 연구진에게도 철저히 함구하고 있었어요."

"다행입니다. 그러나 마틴 교수가 본의 아니게 실험에 대한 이야기를 흘릴지 모릅니다. 각별히 주의하도록 일러주세요."

"한 번 더 확인해 볼게요. 치우 군 말대로 실험 전부터 결과가 난 이후까지… 나와 마틴 교수만 참여하며 진행을 하겠어요."

김도현 교수가 사뭇 진중한 얼굴로 대답했다.

소울 스톤을 걸고 실험을 한다는 정보가 외부로 유출되면 골치가 꽤나 아파질 것이다.

성공 여부를 떠나서 온갖 언론과 투자자들이 관심을 보이고, 감 놔라 배 놔라 참견할 게 뻔했다.

최치우는 아직까지 마틴 그랜트 교수와 인간적인 신뢰를 쌓지 못했다.

결국 미래 에너지 탐사대를 이끄는 김도현 교수가 책임을 져야 하는 부분이다.

곧이어 최치우의 시선이 임동혁에게 향했다.

"임 이사님."

"네."

"지금도 직원 채용부터 경영 전반에 걸쳐 일이 많다는 것, 잘 알고 있습니다."

최치우는 먼저 당근을 줬다.

임동혁이 팀장들을 독려하며 올림푸스의 대소사를 챙기는 걸 치하했다.

실제로도 그가 없으면 올림푸스의 톱니바퀴는 돌아가지 않는다.

뜻밖의 칭찬을 받은 임동혁이 눈을 크게 떴다.

그러는 찰나, 최치우는 당근 다음 곧장 채찍을 들었다.

"만에 하나 소울 스톤이 실험에서 파괴되어도, 그리고 내가 소울 스톤을 찾느라 회사를 비우는 시간이 길어져도……. 올림푸스가 흔들림이 없도록 체계를 단단히 잡아줘야 됩니다."

"그러겠습니다."

임동혁은 짧게 대답했다.

그러나 각오는 결코 가볍지 않았다.

대답을 하는 표정도 전에 없이 진지해 보였다.

최치우는 어떤 상황에서도 긍정적인 태도를 보일 것을 강조했다.

그렇지만 회사가 크게 휘청거릴 수 있는 실험을 앞두고 있다.

그 실험을 나흘 앞두고 김도현과 임동혁에게만 특별히 당부를 한 것이다.

두 사람은 최치우가 어떤 마음으로 지시를 내리는지 이해했다.

더더욱 각별히 최치우의 말을 따르겠다는 다짐을 할 수밖에 없었다.

최치우는 4분의 1의 확률에 잠식되는 대신, 밝게 웃으며 대안을 찾는 쪽을 택했다.

아직 최악의 상황은 펼쳐지지도 않았다.

설령 최악의 결과가 나와도, 혼자서 하이 엘프 제국군 수만 명에게 포위당했던 경험보다는 나을 것이다.

최치우는 여전히 다른 차원에서 보여줬던 야성을 잃지 않았다.

다만 현대 사회에 맞춰 야성을 컨트롤하는 법까지 깨달았을 따름이다.

위험을 무릅쓰고, 일반 경영인이라면 절대 하지 못할 실험을 선택한 것만으로도 최치우는 야성을 증명한 셈이다.

문제는 그다음이다.

실험이 성공하면 성공하는 대로, 실패하면 실패하는 대로 올림푸스는 새로운 도전에 직면하게 될 것이다.

왼쪽과 오른쪽에 앉은 김도현, 임동혁과 함께.

그리고 서울과 남아공에서 밤을 새며 땀을 흘리는 식구 같은 동료들과 함께.

최치우는 막아서는 모든 벽을 돌파하며 질주할 태세였다.

소울 스톤 실험을 앞둔 지난 시간은 그에게 쓰지만 몸에 좋은 약이 된 것 같았다.

* * *

운명의 날이 하루 앞으로 다가왔다.

내일이면 김도현과 마틴이 비밀리에 소울 스톤 실험을 하게 된다.

최치우는 오늘 아침까지 시뮬레이션 실험 결과 보고서를 받았다.

그게 마지막이었다.

점심이 지나면 김도현 교수와 마틴 교수 모두 휴식을 취할 것이다.

원래 D—DAY 전날에는 푹 쉬는 게 왕도다.

수능 전날에도 휴식이 가장 중요하다.

최치우는 지금 이 순간 누구보다 초조해할 두 사람을 위해 어떤 연락도 하지 않았다.

그저 믿고 맡기는 것, 먼저 연락이 올 때까지 기다리는 것이 리더로서 해줄 수 있는 역할이다.

타닥— 타다닥—

최치우는 여의도 올림푸스 본사의 대표실에 나와 키보드를 두드리고 있었다.

아침부터 사무실에 나온 건 제법 오랜만이었다.

실험이 내일이라 해서 최치우까지 마냥 손 놓고 놀 수는 없다.

오히려 정신없이 일을 하는 게 시간을 빨리 보내는 방법이다.

그는 본사에서 공채 절차에 대한 보고를 받고, 남아공 본부의 업무도 세밀하게 챙겼다.

80명을 뽑는데 8만 명 넘게 몰린 올림푸스 공채는 마무리 단계에 접어들고 있었다.

합격자의 2배수를 선발한 최종 면접에는 웬만하면 최치우도 참석할 예정이었다.

'160명 중에 80명이라……. 마음에 드는 사람이 많아서 합격자를 늘릴 수 있었으면 좋겠군.'

최치우는 꼭 80명만 뽑아야 된다고 생각하지 않았다.

당장 필요한 인원이 그 정도가 맞다.

하지만 최종 면접에서 놓치기 아까운 우수한 인재들을 발견하면 80명을 넘겨도 상관없다.

올림푸스는 튼튼하게 성장을 지속하는 중이다.

계속해서 사람은 더 필요해질 것이고, 80이 아닌 800명을 미리 뽑아놔도 감당할 수 있다.

물론 억지로 규모를 늘리는 건 최치우 스타일이 아니다.

그는 소수 정예를 훨씬 더 좋아한다.

그러나 최종 면접을 보기 전부터 80명이라는 숫자에 제한을 두지 않겠다는 뜻이다.

올림푸스라는 기업의 리더가 된 최치우는 사람의 중요성을 절실하게 느끼고 있었다.

과거처럼 마냥 혼자서 싸울 때와는 다른 시야를 갖게 된 것이다.

"면접이 끝나면 남아공에도 가야겠는데……."

최치우는 이시환이 보낸 메일로 눈길을 돌렸다.

남아공 본부는 얼른 공채가 끝나고 새로운 직원들이 수혈되기를 간절히 바라고 있었다.

개발하는 광산이 늘어나면서 업무량이 두 배, 세 배로 뛰었기 때문이다.

당연히 좋은 소식이었다.

이시환은 남아공 본부장을 맡기엔 너무 어린 나이와 짧은 경력이었다.

그럼에도 불구하고 현지 인력과 전문가들을 무난하게 통솔하며 광산 개발 사업을 진두지휘하는 데 성공했다.

이시환의 타고난 성품과 자질을 알아본 최치우의 선택이 틀리지 않은 것이다.

"리키와 헤라클래스도 점검하고, 또 소울 스톤도 찾고."

최치우는 남아공에서 할 일을 천천히 읊었다.

리키도 최근 새로운 대원들을 뽑았다.

훗날 올림푸스의 칼이 되어줄 헤라클래스가 얼마나 강해졌는지 직접 보고 싶었다.

뿐만 아니라 남아공에 간 김에 소울 스톤을 찾을 수 있으면 금상첨화다.

정령들은 자연의 기운이 강한 곳에 머무는 경향이 있다.

남아공 인근에는 사막지대를 비롯해 기이한 자연 현상이 도드라지는 장소가 많다.

최치우에게 있어 남아공은 정령을 찾고 소울 스톤을 확보하기에 최적의 국가다.

소울 스톤을 공개한 이상, 베네수엘라 같은 제삼국으로 떠나면 의심을 살지 모른다.

그러나 남아공에는 올림푸스의 사업체가 있기에 언제든 편하게 방문해도 된다.

“많으면 많을수록 좋은 게 소울 스톤이니까.”

최치우는 더 빨리, 더 많은 소울 스톤을 확보해야 할 필요를 느꼈다.

샐러맨더, 그리고 아도니스.

2개의 소울 스톤이 있었기에 내일 벌어질 실험을 승인하는 게 가능했다.

만약 소울 스톤이 하나밖에 없었다면 선뜻 위험한 실험을 진행시키기 힘들었을 것이다.

최치우는 다른 모니터를 켜고 남아공에서 가볼 만한 장소를 검색했다.

열사의 사막에는 아무래도 불의 정령이나 대지의 정령이 존재할 가능성이 높다.

그게 뭐가 됐든, 설령 하급 정령이라 해도 좋을 것이다.

실험의 성공률을 높이고, 데이터를 축적하기 위해선 무조건 소울 스톤이 많아야 한다.

내일 있을 실험은 최치우의 손을 떠났지만, 그는 자기 자리에서 할 수 있는 최선을 추구했다.

김도현 교수의 최선과 임동혁의 최선, 그리고 최치우의 최선이 교차되고 있었다.

최치우는 실험 결과를 듣고, 최종 면접을 본 후 남아공으로 날아갈 계획을 정했다.

세계를 무대 삼아 지구를 누비는 그의 행보에는 거침이 없었다.

*　　　　*　　　　*

날이 밝았다.

최치우는 평소처럼 하루를 보낼 작정이었다.

괜히 초조해하며 김도현 교수에게 연락을 하고 싶지 않았다.

알아서 실험을 잘 마치고, 누구보다 먼저 최치우에게 연락을 할 것이다.

궁금증을 꾹 참고 기다려 주는 것, 그게 지금 최치우가 해줄 수 있는 최대한의 배려였다.

아침 일찍 눈을 뜬 최치우는 태양의 정기를 받으며 운기조식을 했다.

현대에서 환생해 처음 익힌 금강나한권은 절정을 찍은 지 오래다.

마법이 7서클에 도달한 이상, 더 파괴적인 무공을 수련할 때가 됐다.

원래라면 금강나한권으로도 충분했다.

현대에서 무공을 펼치며 싸울 상대가 없을 거라고 생각했었다.

비록 음지이긴 해도 UFC보다 강력한 파이터들이 모이는 파이트 클럽도 시시하긴 마찬가지였다.

최치우는 상급 무공 중에서 패도(霸道)와 거리가 먼 소림사의 금강나한권을 일부러 선택했었다.

그런데 이제 상황이 바뀌었다.

소울 스톤을 얻기 위해 지구의 정령들과 척을 지게 됐다.

이미 최상급 물의 정령 아도니스로부터 경고를 받았다.

최치우가 계속해서 정령들을 사냥하면 정령왕이 좌시하지 않고 찾아올 거라는 유언을 들은 것이다.

계속해서 정령들과 싸울 수밖에 없는 운명이다.

다른 차원에서 환생했을 때처럼 극강의 무력을 추구하는 수밖에 없다.

"후우우우—"

운기조식을 마친 최치우가 길게 숨을 내쉬었다.

그는 시간을 들여 천천히 대주천을 했다.

급박한 상황에서는 소주천으로 운기조식을 짧게 마친다.

하지만 여유가 있으면 단전의 내공을 정수리의 백회혈부터 발끝까지 한 바퀴 돌리는 대주천 운기조식을 하는 게 정도(正道)다.

제대로 운기조식을 마치니 온몸에 땀이 송글송글 맺혔다.

자는 동안 몸 안에 쌓인 탁기가 땀방울로 배출되는 것이다.

몸은 깃털처럼 가벼워졌고, 과로와 수면 부족으로 인한 피로는 남의 이야기가 됐다.

당장 금강나한권의 최종 비기인 천보일권을 몇 번이나 펼쳐도 될 것 같았다.

"그러나… 부족해."

최치우는 천보일권을 떠올리다 고개를 저었다.

백보신권을 뛰어넘는 소림사의 진신 절기로 최상급 정령까지 쓰러뜨릴 수 있었다.

금강나한권은 파괴가 아닌 수호를 위한 무공이다.

그래도 천보일권을 비롯해 몇몇 최종 비기의 파괴력은 마교의 무공 못지않았다.

하지만 태생 자체가 소림을 지키는 호위 무공이다.

최상급 정령, 나아가 정령왕 레벨의 존재와 싸우게 되면 여러모로 부족함을 느낄 수밖에 없다.

"여기서 검을 쓰긴 힘들고."

최치우는 무림에서 천하제일검이었다.

절세신룡 이태민의 검법은 천마의 침공을 홀로 막아낼 정도였다.

그러나 현대에서 검을 들고 다닐 수 없다.

신검의 경지에 오르면 나뭇가지만 잡아도 검처럼 쓸 수 있다고 한다.

누가 최치우 앞에서 그런 말을 하면 콧방귀를 껴줄 것이다.

천하제일검 문턱에도 못 가본 것들이 아무렇게나 지어낸 말이다.

검(劍), 도(刀), 창(槍) 등 특성이 다른 무기는 물론이고, 똑같이 맨손을 쓰는 권(拳)과 장(掌)도 천지차이다.

각각의 무공에 따라 어울리는 병장기와 고유한 성질을 존중해야 한다.

최치우는 깔끔하게 검법을 포기했다.

원래의 무공을 회복하려고 미친놈처럼 허리춤에 검을 차고 다닐 순 없다.

이미 충분히 미친 CEO로 세상의 주목을 받고 있다.

"권왕의 무공밖에 답이 없군."

최치우는 권왕을 떠올렸다.

성질머리가 사납기로 무림 제일이었던 남자.

그러나 화통하고 의리가 있어 정파와 사파 모두의 지지를 받았던 영웅이다.

최치우는 현대에서 환생을 하자마자 이제는 이름도 기억 안 나는 일진과 싸웠었다.

그때 날렸던 회심의 일격이 바로 권왕의 무공 초식 맹아일격이었다.

권왕의 무공은 너무 포악해서 현대와 어울리지 않지만, 정령들과 싸우게 된 이상 다른 선택지가 없다.

평소에는 금강나한권의 중후한 기운으로 권왕의 들끓는 투기를 다스리면 될 것 같았다.

"정령만 문제가 아니지. 특수부대와 싸우게 될지도 모르니까."

소울 스톤으로 발전소를 대체하게 되면 온갖 정보기관과 특수부대가 최치우에게 달라붙을 것이다.

세상을 바꾸는 일이 호락호락할 리 없다.

최치우는 소울 스톤의 비밀을 파헤치려는 특수부대를 상대해야 할지도 모른다.

미국의 CIA, 이스라엘의 모사드, 영국의 MI6 등 누구와도 적이 될 수 있다.

정령이 아닌 인간들 때문에라도 더 강해져야 했다.

꽈악—

최치우는 침대 위에서 가부좌를 튼 채 두 주먹을 강하게 쥐었다.

환생 후 처음으로 펼쳤던 무공을 다시 진지하게 수련할 수밖에 없는 상황이 됐다.

권왕의 맹아일격으로 빵셔틀이 일진을 쓰러뜨렸던 것처럼, 이번에는 정령왕과 특수부대 등 막강한 상대를 이겨내야 한다.

7서클 마법과 금강나한권, 거기에 권왕의 무공이 더해지면 충분히 혼자 세상과 맞서 싸울 수 있다.

째깍, 째깍!

침실에 걸린 시계 바늘은 이제 겨우 7이라는 숫자를 향해 다가가고 있었다.

김도현 교수로부터 실험 결과를 들으려면 한참 남았다.

하지만 최치우는 마냥 기다리는 대신 눈을 뜨자마자 자신의 다음 목표를 정했다.

굶주린 늑대의 포악함이 담긴 권왕의 무공, 아랑권(餓狼拳).

모든 초식 하나하나에 살기가 듬뿍 담긴 무림의 극강 상승 무공이 현대에 재림하게 됐다.

최치우의 시계는 하루가 48시간인 듯 바쁘게 움직이고 있었다.

*　　　*　　　*

시곗바늘이 숫자 4를 가리키고 있었다.

오후 4시.

보통 직장인들의 피로가 절정에 달할 시간이다.

이때부터 슬슬 정시 퇴근을 위해 눈치를 보는 사람들도 적지 않다.

4시가 지나면 금방 해가 떨어지고, 저녁이 찾아온다.

하루의 막이 바뀌는 시간을 꼽으라면 단연 오후 4시인 것이다.

최치우는 아침 일찍 눈을 떠 4시가 될 때까지 바쁘게 움직였다.

오전에는 운기조식을 마치고, 권왕의 아랑권 초식을 복기했다.

권왕은 최치우의 전생, 천하제일검 이태민에게 아랑권을 전수해 줬다.

천마의 속임수에 빠져 큰 부상을 당해 폐인이 된 권왕은 아랑권의 명맥이 이어지길 바랐다.

당시 무림에서 이태민은 정파와 사파를 가리지 않고 무공을 미친 듯 흡수하는 기재(奇才)로 유명했다.

이태민이라면 후계자를 찾아 아랑권을 전승하고도 남을 자질이 있었다.

하지만 이태민도 천마와 함께 죽음을 맞이했고, 몇 번의 환생을 거듭한 후 최치우의 몸으로 아랑권을 익히게 된 것이다.

'어쨌든 후계자를 찾겠다는 약속은 지켰다고 치자. 아랑권은 소중하게 잘 쓸게, 권왕.'

최치우는 두 번 다시 만날 수 없는 권왕의 영혼에게 가벼운 인사를 건넸다.

돌고 돌아 자신이 권왕의 후계자가 될 줄은 몰랐다.

그렇게 오전 내내 아랑권의 내공 운용법과 초식을 노트에 기록한 최치우는 점심을 간단히 때웠다.

여의도 펜트하우스 1층에 입점한 카페에서 샌드위치를 먹은 그는 밖으로 나가지 않았다.

오늘은 사무실에서 직원들을 만날 기분이 아니었다.

혼자만의 시간을 보내며 김도현 교수의 연락을 기다리고 싶었다.

집으로 올라온 최치우는 이력서를 검토하며 오후 시간을 보냈다.

올림푸스 공채 최종 면접까지 올라온 지원자는 총 160명이다.

이들에 대해 기본적인 정보라도 숙지하고 싶었다.

그래야 면접 장소에서 뻔한 질문이 아닌, 보다 심도 깊은 질문을 던질 수 있다.

이력서와 자소서를 하나씩 읽다 보니 금방 오후가 흘러갔다.

"벌써 4시라고?"

고개를 돌려 시계를 본 최치우가 눈을 크게 떴다.

김도현 교수의 연락을 기다릴 겸 다른 일에 더 집중했을 뿐이다.

그런데 시간이 무척 빨리 지나갔다.

최치우는 혹시나 싶어 폰을 눌렀다.

진동이 울리는 걸 듣지 못했을 수도 있기 때문이다.

그러나 부재중 전화는 0통이었다.

몇 건의 메시지만 와 있을 뿐, 김도현 교수에게선 아무 연락이 없었다.

지금쯤 애가 타기는 임동혁도 마찬가지일 것이다.

직접 실험을 하는 김도현과 마틴 교수를 제외하면, 오직 최치우와 임동혁만 오늘이 D-DAY라는 사실을 알고 있다.

"들들 볶을 줄 알았는데 잘 참고 있나 보군."

최치우는 어딘가에 있을 임동혁의 얼굴을 상상했다.

실험에 방해가 안 되도록 김도현 교수에게는 절대 먼저 연락을 하지 말라고 일러뒀다.

아마 어디선가 독한 위스키를 마시며 초조함을 잊고 있을 것이다.

우우우우웅—

그때였다.

최치우의 폰이 익숙한 진동을 토해냈다.

그 순간, 최치우는 오후 4시가 영원처럼 고정된 기분을 느꼈다.

다른 날이면 몰라도 오늘 최치우에게 전화를 걸 사람은 많지 않다.

최치우는 홍보팀과 비서팀에도 웬만하면 전화 대신 메시지를 보내라고 미리 당부를 했다.

그렇기에 김도현 교수의 연락일 가능성이 높았다.

아니나 다를까.

스마트폰 화면 위로 '김도현 교수님'이라는 여섯 글자가 보였다.

"네, 교수님."

최치우는 짐짓 아무렇지 않은 척 전화를 받았다.

너무 기대하는 티를 내면 김도현 교수에게 부담을 줄 수 있다.

어차피 앞으로도 계속 소울 스톤을 걸고 실험을 해야 할지 모른다.

당장의 결과보다 김도현 교수를 비롯한 미래 에너지 탐사대 연구진이 용기를 잃지 않는 게 더 중요하다.

—치우 군. 많이 기다렸지요? 실험이 방금 끝났어요.

"고생 많으셨습니다. 마틴 교수님에게도 수고했다고 전해주세요."

—그럴게요. 안 그래도 진땀을 흘리고 반쯤 탈진해서 쉬고 있네요.

김도현 교수의 음성은 평소와 같았다.

목소리만 들어서는 성공인지 실패인지 가늠하기 어려웠다.

"교수님."

—실험 결과는…….

최치우와 김도현이 동시에 말을 했다.

티를 내지 않아도 서로 무슨 이야기를 하려는지 완벽하게 알았다.

김도현 교수가 다시 입을 열었다.

—절반의 성공이라고 말할 수 있을 것 같아요, 치우 군.

성공이라는 두 글자가 들리자 최치우는 한시름을 놓았다.

아무튼 최악의 결과를 피한 것이다.

그러나 궁금증은 더더욱 커질 수밖에 없었다.

절반의 성공이 무슨 의미인지 짐작하기 힘들었다.

"어떤 일이 벌어진 건가요, 교수님?"

—우선 소울 스톤은 파괴되지 않았어요. 그리고 초고강도 에너지에 반응하여 막대한 열기를 발산했지요. 우리가 바라던 그대로 붉은 소울 스톤에 담긴 열에너지를 추출할 수 있었어요.

"말씀을 들으면 100% 성공인 것 같습니다."

최치우는 터져 나오는 기쁨을 억눌렀다.

소울 스톤이 파괴되지 않았다는 것만으로도 만세를 부를 수 있었다.

그런데 열에너지까지 추출해 낸 것이다.

4분의 1이라는 확률을 뚫고 첫 번째 실험이 성공했다.

하지만 아직 풀리지 않은 미스테리가 남아 있었다.

김도현 교수가 왜 완벽한 성공이 아닌 절반의 성공이라 말했는지 모른다.

곧이어 최치우의 궁금증이 풀렸다.

—우리가 예상한 것보다 소울 스톤의 열에너지가 너무 강력했어요. 열기로 증기를 발생시켜 터빈을 돌려야 전기를 생산할 수 있는데… 평범한 내구성을 가진 시설은 소울 스톤의 열에너지를 감당하지 못할 걸로 보이네요.

무슨 말인지 이해가 됐다.

화력이 아닌 소울 스톤으로 전기를 만드는 발전소를 건설하는 데 또 다른 난관이 있을 거라는 뜻이다.

그러나 가장 핵심적인 문제가 해결됐다.

최치우는 더 이상 기쁨을 숨기지 않았다.

그가 한층 커진 목소리로 대답했다.

"교수님! 그건 나중에 같이 고민하면 됩니다. 오늘은 소울 스톤에서 에너지를 추출한 역사적인 날입니다."

—그런가요? 아니, 역시 그렇지요. 매번 다음 연구 과제를 고민하는 게 습관이어서……

김도현 교수는 천생 학자였다.

역사적 실험을 성공시키고도 이런 반응을 보이는 게 그와 잘 어울렸다.

최치우는 오후의 햇살처럼 환하게 웃으며 말했다.

“지금 연구실이죠? 우리끼리 파티라도 해야겠습니다. 바로 갈게요, 교수님. 임 이사님도 데리고 가겠습니다.”

—그래요, 그래요. 마틴 교수와 같이 기다리고 있을게요.

“네!”

시원한 외침으로 전화를 마무리한 최치우는 팔을 높이 들었다.

“됐다—!”

무슨 일이든 첫 단추를 잘 꿰는 게 정말 중요하다.

다음 실험에서는 다른 소울 스톤이 파괴될 수도 있다.

그러나 첫 번째 실험 대상인 샐러맨더의 소울 스톤은 대체에너지 개발의 역사를 바꾸게 됐다.

어느 도시에 화력발전소 대신 샐러맨더의 소울 스톤 발전소를 설치할지 모르지만, 두고두고 새로운 시대를 연 상징으로 자리 잡을 것이다.

최치우는 미래가 자신을 부른다고 느꼈다.

그는 딱히 의식하진 않지만, 세상을 구하라는 신의 미션에 점점 가까워지고 있었다.

7장
빅딜

극비(極秘).

올림푸스에서 극비라는 단어는 함부로 쓰이지 않는다.

목숨을 걸고 보안을 지켜야 할 중요한 사안일 때만 극비라는 코드 네임이 붙는다.

소울 스톤에서 에너지를 추출하는 실험이 성공했다는 사실은 극비로 취급됐다.

실험을 진행한 김도현 교수와 마틴 그랜트 교수, 그리고 최치우와 임동혁밖에 모르는 사안이었다.

마틴 교수는 하버드를 박차고 미래 에너지 탐사대로 오면서 보안 유지 서약서를 작성했다.

그러나 내용이 추가된 서약서를 한 장 더 쓸 수밖에 없었다.

마틴 교수를 포함해 누구든 비밀을 유출하게 되면 패가망신 수준의 소송을 당하게 된다.

공식적으로 실험 결과를 발표할 때까지 네 사람은 조심해야 할 게 무척 많았다.

우선 술을 마음껏 마실 수 없다.

잔뜩 취하면 입에서 무슨 말이 나올지 모른다.

최치우는 특히 독주를 좋아하는 임동혁에게 단단히 주의를 줬다.

위스키 한 잔쯤은 상관없지만, 자제를 못 할 것 같으면 아예 술을 멀리할 필요가 있었다.

어지간해선 술이나 도박 등을 그만두지 않는 임동혁도 고개를 끄덕였다.

그가 술이나 도박에 빠졌던 것은 아드레날린 중독이기 때문이다.

하지만 지금은 올림푸스를 키우는 데 집중하며 더 큰 흥분을 느끼고 있다.

술을 아무리 좋아해도 임동혁이 사고를 칠 것 같진 않았다.

물론 음주만 조심해야 하는 게 아니었다.

전화 통화를 비롯해 이메일 작성, 채팅 메신저 등 통신 보안에도 신경을 써야만 했다.

통신 보안이라는 말은 주로 군대에서 사용한다.

그러나 산업 스파이들이 활개 치기 시작하며 기업에서도 통신 보안을 강조하게 됐다.

기술이 발달하면서 산업 스파이들의 수법 또한 교묘해졌다.

007 영화에 나오는 것처럼 기상천외한 방법을 쓰기도 한다.

최치우 역시 도쿄대학교에서 기밀 자료를 빼낸 적이 있었다.

덕분에 독도의 해저 자원 개발이 가능해졌고, 미쓰릴의 단서도 찾을 수 있었다.

이렇듯 보이지 않는 곳에서 정부와 기업들은 서로의 극비 자료를 손에 넣기 위해 눈에 불을 켠다.

올림푸스도 까딱하면 얼마든지 산업 스파이에게 털릴 수 있는 것이다.

톡톡톡—

최치우는 손가락으로 소파 팔걸이를 두드리고 있었다.

그가 깊은 생각에 잠길 때 저도 모르게 나오는 버릇이다.

오랜만에 여의도 사무실로 출근한 최치우는 서류를 보지 않았다.

아침부터 소파에 앉아 생각을 정리할 뿐이었다.

사실 고민은 집에서 해도 된다.

굳이 사무실로 나올 필요는 없다.

하지만 직원들이 바쁘게 일하는 모습을 보면 특별한 기운을 받는다.

직원들과 같은 공간에 있으면 중요한 결정을 내릴 때 도움이 되는 것 같았다.

"움직이자."

점심이 다가올 무렵, 최치우의 입에서 의미심장한 말이 흘러나왔다.

생각은 충분히 했다.

행동으로 보여줄 타이밍이다.

"시간을 끌어봤자… 보안이 깨질 가능성만 높아져. 미래 에너지 탐사대 내부에서도 복잡한 상황이 펼쳐질 수 있고. 내가 먼저 치고 나가야겠어."

그는 소울 스톤 실험 결과를 언제까지 숨기긴 힘들다고 판단했다.

자신을 포함해 네 사람은 극비를 지킬 것이다.

하지만 미래 에너지 탐사대에는 김도현과 마틴 외에도 여러 명의 교수들이 포진해 있다.

나머지 교수들도 국내와 세계에서 손꼽히는 최고의 전문가들이다.

그들은 소울 스톤을 놓고 다양한 연구와 실험을 지속하는 중이었다.

그런데 김도현과 마틴은 이미 소울 스톤에서 에너지를 추출하는 실험에 성공해 버렸다.

둘이 티 나게 행동하지 않더라도 묘한 기류가 맴돌 수밖에 없다.

다른 연구진들이 이상한 기색을 눈치채면 미래 에너지 탐사대의 신뢰가 무너지게 된다.

기껏 해외 대학을 때려치우고 미래 에너지 탐사대로 합류한 교수들이 서운함을 느끼면 곤란하다.

최치우는 실험 결과를 어떻게 활용할지 매듭을 짓고, 너무 늦지 않게 내부적으로 사실을 공유 할 작정이었다.

"담판을 지을 사람은… 한 명밖에 없군."

그는 유영조 대통령을 떠올렸다.

최치우와 우호적인 관계를 맺고 있는 유영조 대통령의 임기는 이제 1년 6개월밖에 안 남았다.

그 전에 소울 스톤을 이용한 발전소 건립을 확정짓는 게 유리하다.

한국 정부 입장에서도 세계 최초의 친환경 대체에너지 발전소를 짓는 것은 쌍수를 들고 환영할 일이다.

더구나 유영조 대통령의 퇴임 이전 대표적인 업적으로 삼을 수 있다.

최치우는 머릿속으로 복잡하게 계산기를 두드렸다.

소울 스톤 발전소 건립을 놓고 정부에서 어떤 지원을 받아야 만족스러울까.

그는 유영조 대통령을 인간적으로 좋아한다.

보기 드물게 온화하고 따뜻한 성품을 가진 정치 지도자라고 느꼈다.

그러나 비즈니스는 감정으로 하는 게 아니다.

철저하게 실리를 추구해야만 좋은 감정도 지킬 수 있다.

괜히 어설프게 양보하면 결국 인간관계도 틀어지고 만다.

최치우는 절대 손해 보는 장사를 할 생각이 없었다.

만약 한국 정부의 조건이 만족스럽지 못할 경우 다른 나라에 발전소를 지으면 된다.

이왕이면 국익을 우선하지만, 회사에 손해를 끼치면서까지 국가에 묶일 이유는 없다.

궁극적으로 올림푸스가 잘되어야 장차 한국의 미래도 책임질 수 있다.

처억.

고민을 끝낸 최치우는 전화기를 들었다.

장고(長考) 끝에 악수 둔다는 말이 있지만, 최치우의 결단은 올림푸스를 지금의 위치로 이끌었다.

그는 망설임 없이 청와대 총무비서관 직통 번호로 전화를 걸었다.

총무비서관에게 마음대로 전화할 수 있는 사람도 한국에 몇 명 없을 것이다.

사실 곧바로 대통령에게 전화를 걸어도 된다.

최치우는 유영조 대통령이 소수의 최측근에게만 공개한 개인 전화번호를 알고 있다.

그래도 공적인 일을 진행하는 데 있어 예의와 절차를 중시해야 한다.

분초를 다투는 상황이 아니라면 청와대 비서실을 거치는 게 낫다.

"최 대표님!"

벨이 울리고 얼마 지나지 않아 총무비서관이 전화를 받았다.

반가움이 듬뿍 담긴 목소리였다.

총무비서관은 1급 공무원이자 청와대 안살림을 책임지는 측근이다.

그렇지만 갑자기 걸려온 최치우의 전화를 무척 반기고 있었다.

나는 새도 떨어뜨리는 청와대 실세들에게도 최치우는 스타였다.

보통 정치권에 있는 사람들은 재벌들을 무서워하지 않는다.

청문회 시즌만 되면 불러다가 괴롭힐 수 있는 입장이다.

하지만 최치우처럼 어린 나이에 스스로 세계에 우뚝 선 사람은 건드릴 엄두조차 낼 수 없다.

정치인들이 가장 두려워하는 게 국민 여론이다.

그러한 여론의 절대적 지지를 받는 인물이 최치우이기 때문이다.

"비서관님, 잘 지내셨죠?"

—그럼요. 이렇게 전화도 다 주시고… 혹 필요하신 일이 있으십니까?

총무비서관의 역할을 단순하게 요약하면 청와대 집사다.

과연 그는 눈치 빠르기로는 타의 추종을 불허했다.

최치우는 말을 돌리지 않고 그가 깜짝 놀랄 만한 이야기를 던졌다.

"대통령님을 뵙고 싶습니다."

—어떤 용무라고 말씀을 드리면 될는지요?

—레임덕을 막을 수 있는, 최고의 업적을 선물로 드리겠다고 전해주시겠습니까?

총무비서관이 감당할 수 없는 엄청난 말이었다.

최치우가 없는 말을 지어내며 허세를 부릴 사람은 아니다.

짧지만 강렬한 침묵이 감돌았다.

—바로 말씀을 드리고 다시 전화드리겠습니다, 최 대표님.

"감사합니다."

최치우는 전화기를 들고 짙은 미소를 지었다.

대통령을 상대로 어마어마한 거래를 따낼 준비가 끝났다.

언제나처럼 최치우는 자신감이 넘치고 있었다.

*　　*　　*

청와대 안가는 비밀스러운 공간이다.

대통령 내외가 거주하는 특급 경호처로 아무나 들어갈 수 없다.

비서실장과 정무수석, 민정수석도 대통령의 특별한 초청 없이는 안가에 들어서지 못한다.

하지만 최치우에겐 청와대 안가의 마당이 낯설지 않았다.

벌써 몇 번이나 대통령이 직접 내려준 차를 마셔봤기 때문이다.

휘이이—

초봄이긴 해도 아직 쌀쌀한 기운이 남아 있었다.

이따금 부는 바람은 따스하기보단 차갑게 느껴졌다.

그럼에도 유영조 대통령은 뜰에 앉아 차를 마시는 걸 즐겼다.

“어때요? 향이 좋지요.”

“그윽하다는 말은 이럴 때 쓰는 것 같습니다.”

“허허허, 맞아요. 참으로 그윽한 향이지요.”

대통령은 손수 내린 차가 마음에 드는 듯 다향(茶香)을 즐겼다.

지난번 만남에서 유영조 대통령과 최치우는 마음을 많이 터놓았다.

최치우는 100m 세계신기록을 세울 수 있는 달리기 능력을 보여줬고, 대통령은 향후 국가 대표 감독을 소개해 주기로 약속했다.

병역 문제를 해결하기 위해 국가 통수권자에게 미리 능력의 일부를 보여준 것이다.

최치우로서도 모험을 한 셈이었다.

잘못하면 이상한 돌연변이 취급을 받을지도 몰랐다. 그러나 얻은 게 적지 않았다.

그가 평범한 인간의 한계를 넘어섰음을 간파한 대통령이 네오메이슨에 대해 알려줬기 때문이다.

에릭 한센과 같은 거물들의 연합체, 네오메이슨이 존재한다는 사실을 알게 된 것만으로 최치우의 전략이 달라졌다.

대통령과 최치우는 부족한 정보를 서로에게 전달하며 윈윈(Win—Win)하는 관계가 됐다.

그러고 나서 오늘 다시 마주앉아 차를 마시고 있었다.

그사이 최치우는 소울 스톤을 공개하며 세계적인 관심을 받았다.

대통령도 소울 스톤의 실체가 가장 궁금할 것이다.

"S대에 천문학적인 투자를 했다지요. 세계적인 석학들이 서울로 모여들고……. 최 대표님이 우리나라를 위해 참 많은 일을 하는 것 같아 대견합니다."

유영조 대통령의 입에서 미래 에너지 탐사대 이야기가 나왔다.

에둘러 말하지만, 소울 스톤 연구 개발 과정을 묻는 것이나 다름없었다.

최치우는 찻잔을 내려놓고 대답했다.

"사실 그 말씀을 드리기 위해 대통령님을 뵙고 싶었습니다."

"정권 후반기, 누구도 거스를 수 없는 레임덕을 막아주겠다고… 그리 말했다 들었습니다. 최 대표님의 패기가 느껴졌지요."

레임덕, 즉 정권 말기 지지율이 떨어지는 현상은 피할 수 없는 숙명이다.

그렇기에 어떤 정부도 레임덕이라는 단어 자체를 언급하지 않는다.

최치우는 대놓고 레임덕을 막아주겠다는 말을 했다.

받아들이기에 따라서는 대단히 건방진 도발로 들릴 수 있었다.

하지만 유영조 대통령의 인상은 여전히 평온해 보였다.

물론 그가 마냥 인자하고 만만한 사람은 아니다.

아무리 우호적인 관계라 해도 최치우의 카드가 성에 미치지 못하면 그만한 대가를 치러야 할 것이다.

"소울 스톤에서 에너지를 추출하는 실험을 했습니다."

"……!"

차의 잔향을 음미하던 대통령의 눈썹이 꿈틀거렸다.

설마설마 했지만 가장 극적인 이야기가 나왔기 때문이다.

최치우는 자신만만한 얼굴로 대통령을 바라보며 말을 계속 했다.

"현재 정부에서 건립하는 춘천시 열병합발전소, 그 이상의 전력을 소울 스톤 하나로 생산할 수 있게 됐습니다."

"가능성이 아닌… 전력 생산까지 확실하다는 뜻이 맞습니까?"

유영조 대통령의 목소리가 가늘게 떨리고 있었다.

임기 중 세계 최초의 소울 스톤 대체에너지 발전소를 건립할 수도 있다.

그렇게만 되면 최치우가 호언장담한 것처럼 레임덕을 막는 게 꿈은 아니다.

역대 최고의 지지율로 퇴임하는 대통령이 될 지도 모른다.

최치우는 확신을 담아 이야기를 이어갔다.

"화력 발전과 동일한 원리로 열기와 증기를 발생시키는 실험에 성공했습니다. 소울 스톤 발전소를 건립하는 비용과 유지 비용은 열병합발전소 대비 절반 이하입니다. 결정적으로 환경성 부분에서는… 기존의 어떤 발전소와도 비교할 수 없습니다."

새로운 미래가 성큼 다가왔다.

그것도 대한민국에 최초로.

유영조 대통령은 차를 한 모금 마시며 마음을 진정시켰다.

"어떻게 이렇게 빨리……. 우리 과학기술보좌관은 소울 스톤을 상용화하는 데 오랜 시간이 걸릴 거라고 예측했습니다."

"모든 예상을 뛰어넘는 게 올림푸스 스타일입니다."

최치우가 가볍게 웃으며 분위기를 풀었다.

하지만 대통령은 웃지 않았다.

무슨 수를 써서라도 갖고 싶은, 상상을 뛰어넘는 보물이 나타났다.

당연히 공짜로 보물을 가질 수는 없다.

그만한 대가를 치러야 한다는 사실을 대통령이 모를 리 없었다.

"내가 최 대표님에게 무엇을 해주면 되겠어요? 솔직한 바람을 듣고 싶습니다."

타이밍이 왔다.

최치우는 유영조 대통령의 눈빛을 피하지 않고 정면으로 마주봤다.

"발전소 건립 비용과 부지를 무상으로 제공해 주십시오. 그리고 향후 20년 동안 소울 스톤 발전소의 운영권을 올림푸스가 소유하겠습니다."

"최 대표님의 조건은… 대통령이라 해도 선뜻 승낙할 수 있는 범위를 넘어선 것 같군요."

유영조 대통령은 천천히, 하지만 분명하게 난색을 표했다.

특정 기업에게 발전소 건립 비용과 부지를 무상으로 제공하는 것도 쉽지 않은 일이다.

더구나 20년 동안의 운영권은 국가에서 허락해 준 전례가 없다.

고속도로 민자 유치 같은 경우 길어야 10년의 운영권을 넘겨준다.

그것도 건설비 대부분을 민간 기업이 투자할 때 가능한 일이다.

최치우는 건설비와 부지까지 정부에 요구했고, 국가에서 관할하는 에너지 생산의 운영권을 20년이나 보장해 달라고 말했다.

만약 군사독재 시대의 대통령에게 똑같은 소리를 했다면 당장 남산으로 끌려갔을 것이다.

물론 실제로 그랬다간 최치우에 의해 정부가 박살 났겠지만.

"대통령님."

최치우는 차분한 어조로 대통령을 다시 불렀다.

단번에 받아들이기 힘든 무리한 요구라는 사실을 최치우도 잘 알고 있었다.

이제껏 유영조 대통령은 올림푸스를 위해 많은 편의를 봐줬다.

정부가 방해만 안 해도 국내외 사업을 전개하는 데 큰 힘이 된다.

그래도 비즈니스는 비즈니스다.

최치우는 반드시 자신의 조건을 관철시킬 생각이었다.

"외람된 말씀을 드려도 되겠습니까?"

"허심탄회하게 이야기를 해보지요. 세계를 놀라게 만든 소울 스톤, 그리고 대체에너지 개발 모두 우리 정부에서 깊은 관심을 두고 있는 사안입니다."

대통령은 협상에 임할 자세를 보였다.

존재를 공개하는 것만으로 올림푸스 시가총액을 4배 넘게 뛰게 만든 물질이 바로 소울 스톤이다.

풍력, 수력, 태양력 등 다양한 대체에너지가 연구되고 있지만 대부분 국내 실정에 맞지 않다.

그런데 세계 최초로 친환경과 효율 두 마리 토끼를 다 잡는 소울 스톤 발전소를 세운다면, 유영조 대통령은 역사에 이름을 남기게 된다.

사실 일은 올림푸스가 다 한다.

그래도 국민들은 어느 대통령 임기에 최초의 소울 스톤 발전소가 건립됐는지 기억할 것이다.

대통령 입장에서도 쉽게 포기할 수 없는 카드였다.

최치우는 그 점을 알기에 강하게 나가기로 작심했다.

"만약 올림푸스가 중국에 소울 스톤 발전소를 짓는다면, 중국 정부에서는 어떤 혜택을 제공할까요?"

"그런 가정은……."

"부지와 건설 비용, 그리고 20년이 아닌 50년의 운영권도 보장해 줄 가능성이 높습니다."

틀린 말이 아니었다.

중국 정부는 미친 듯이 원자력 발전소를 짓고 있다.

그러나 폭발적인 경제 발전으로 에너지 소모량을 따라가지 못하는 상태다.

게다가 베이징의 대기오염이 세계적인 뉴스가 되는 등 친환경 이슈에도 관심을 쏟아야 한다.

이 와중에 소울 스톤 발전소를 지을 수 있다면 중국의 1인자인 국가 주석이 두 발 벗고 나설지 모른다.

유영조 대통령은 최치우가 괜한 말을 하는 게 아님을 알았다.

국가의 수반과 한창 승천하고 있는 젊은 CEO의 1 대 1 독대.

여기서 담판을 지어야 한다.

청와대와 여당의 보좌를 받아 실무진끼리 협상할 문제가 아니었다.

최치우도 그럴 생각이 없기에 곧장 대통령을 만나 이야기를 꺼낸 것이다.

유영조 대통령은 대승적 결단을 요구하는 최치우의 눈빛을 느꼈다.

하지만 이대로 모든 걸 내줄 순 없었다.

정부가 퍼주기식 계약을 체결하면 비판에 휩싸일 여지가 있다.

소울 스톤 발전소 건립은 양날의 검이다.

대통령은 조금이라도 정부에게 유리한 조건을 내걸어야 한다.

"우리 정부가 부지를 제공하고, 10년의 운영권을 보장해 주면 적절하다고 생각되지는 않나요?"

"죄송하지만, 그렇다면 중국이나 인도에 발전소를 짓겠습니다."

"그리 쉬운 문제만은 아닐 겁니다. 올림푸스의 뿌리는 대한민국에 있지 않습니까? 오성그룹이나 다른 대기업들이 무턱대고 해외 공장을 늘리지 못하는 이유가 있지요."

대통령의 말속에 뼈가 담겨 있었다.

국내 기업은 정부의 관할을 받을 수밖에 없다.

소울 스톤 발전소를 해외에 지으면 한국 정부와 척을 져야 한다.

이제까지의 우호적 관계는 산산조각 날 것이다.

그 후폭풍을 감당할 수 있는 기업은 많지 않다.

그래서 오성그룹이나 현기자동차 그룹도 이런저런 손해를 봐가며 국내 정치에 휘둘린다.

그러나 올림푸스는 다르다.

최치우는 대통령의 뼈 있는 말을 기다렸다는 듯 살짝 미소를 지었다.

"오성그룹을 포함한 국내 대기업은 제조업이 기반입니다. 반도체, 자동차, 화학, 중공업, 조선……. 분야를 막론하고 대규모 공장과 수많은 근로자를 생산 라인에 투입해야만 합니다."

순간 유영조 대통령의 안색이 변했다.

아차, 싶은 것이다.

올림푸스는 시가총액으로 재계 10위 안에 드는 대기업이 됐다.

하지만 다른 대기업과는 비슷한 점을 찾아보기 힘들다.

"반면 올림푸스의 직원은 현재 진행 중인 공채 인력을 포함해도 300명 이하입니다. 저희는 내수 시장을 필요로 하지 않습니다. 그렇기에 내일 당장에라도 세계 어느 나라로든 본사를 이전할 수 있습니다."

최치우는 정중한 태도로 정곡을 찔렀다.

오성그룹은 본사를 옮기고 싶어도 못 옮긴다.

국내 고용 인력이 이미 너무 많고, 공장과 시설 투자도 어마어마하게 이뤄졌다.

오성의 제품이라면 무조건 믿고 사주는 내수 시장을 놓치기도 어렵다.

세금 문제를 비롯해 뿌리가 한국에 단단히 얽혀 있는 셈이다.

오성그룹이 뿌리 깊은 나무라면, 올림푸스는 자유롭게 바람을 타고 어디든 날아갈 수 있는 민들레다.

미쓰릴 연구, 프로메테우스, 남아공 광산 개발, 그리고 소울 스톤까지.

어느 하나 내수 시장에 의지하지 않는다.

거기에 직원 수도 적고, 아직까지 공장이나 설비 투자도 한 적이 없었다.

내일 당장 옮길 수 있다는 말은 과장이지만, 몇 달 안에 뚝딱 본사를 이전하는 게 가능하다.

그로 인한 타격보다 올림푸스 본사를 새로 받아들일 국가에서 제공할 특혜가 훨씬 더 클 것이다.

정부의 영향력은 독점에서 나온다.

국가를 벗어날 수 없는 상대에게 권력을 행사할 수 있다.

그러나 올림푸스처럼 언제 어디든 날아갈 수 있는 기업은 결코 독점할 수 없다.

최치우는 진정한 의미에서 세계인이 됐고, 올림푸스 역시 21세기형 글로벌 기업이었다.

단순히 세계적으로 유명하다고 해서 글로벌 기업이 아니다.

세계 어디서든 문제없이 비즈니스를 전개할 수 있어야 진정한 의미의 글로벌 기업이다.

그런 관점에서 바라보면 구글이나 페이스북, 애플도 글로벌 기업은 아니었다.

최치우는 역사에 존재하지 않았던 새로운 장을 열고 있었다.

유영조 대통령은 최치우의 말에 담긴 진의를 파악했다.

젊은 CEO가 호기롭게 배짱을 부리는 것과는 거리가 멀다.

소울 스톤 발전소를 짓기 위해 최치우의 조건을 받아들일 것인가, 이것마저 부차적인 문제가 됐다.

올림푸스를 대한민국이 품느냐, 마느냐의 문제다.

"최 대표님, 세월이 정말 빠르다는 거……. 참 놀라운 일입니다."

유영조 대통령이 입을 열었다.

최치우는 잠자코 그의 이야기에 귀를 기울였다.

"우리 세대는 군사정권과 싸우며 시대를 바꾸었지요. 그리고 오래도록 이 나라의 주인 행세를 해왔습니다. 재벌들도 예외는 아니었습니다. 우리의 불호령 앞에 몸을 낮추고 허리를 숙였었지요. 그게 또 나라를 위한 일이라 생각했습니다. 한데 이제 세상이 바뀌었나 봅니다."

명동의 큰손 전금녀가 최치우를 보며 했던 이야기와 비슷한 맥락이었다.

유영조라는 구시대의 거인이 최치우라는 새 시대의 신성을 오롯이 인정하는 순간이다.

최치우는 유영조 대통령에게 작지만 중요한 명분 하나를 건넸다.

"소울 스톤 발전소가 세워지면 대한민국은 세계 최고의 대체 에너지 강국으로 거듭날 수 있습니다."

"우리 아이들은… 보다 안전하고, 보다 깨끗한 환경에서 마음껏 풍요를 누릴 수 있기를. 내가 무리를 한번 해보아야겠습니다."

"감사합니다, 대통령님."

최치우는 진심을 담아 고개를 숙였다.

비즈니스를 위해 속에 숨겨둔 칼을 휘둘렀지만, 서로 품격을 잃지 않고 대화를 나눴다.

나이와 지위를 초월해 이런 식으로 이야기를 주고받을 수 있는 사람은 드물다.

꼰대들이 넘쳐나는 세상에서 유영조는 몇 없는 존경스러운 어른이었다.

"이렇게 합시다. 청와대에서 논의가 시작되면 언론이 냄새를 맡겠지만, 전격 발표까지 최대한 보안을 유지하는 것으로."

"올림푸스에서 소식이 새어나가는 일은 없도록 신경을 쓰겠습니다."

"정부와 올림푸스의 MOU 체결은 상징성을 감안해 환경부 장관이 대표로 나가는 게 어울릴 듯합니다."

"구체적인 내용은 정부에서 만든 안을 최대한 존중하겠습니다."

최치우는 원하는 조건을 받아냈다.

그렇기에 나머지 사소한 문제는 모두 양보할 용의가 있었다.

발전소를 어디에 지을지 부지 선정도 정부에게 맡길 생각이었다.

어차피 가장 필요한 지역에 발전소가 들어서야 주민들도 수혜를 입는다.

싸늘하게 가라앉았던 공기가 다시 훈훈해졌다.

최치우는 대통령과 직접 담판을 지어 건국 이후 유례가 없는 특혜를 쟁취했다.

소울 스톤은 더 이상 미래의 에너지원이 아니다.

바로 지금, 사람들의 삶을 바꾸는 현재의 대체에너지로 자리매김하게 됐다.

최치우와 올림푸스는 역사를 쓰고 있었다.

*　　　*　　　*

쉬이이이이—

한 줄기 바람이 스치고 지나갔다.

최치우와 임동혁은 언덕 위에서 소울 스톤 발전소가 건립될 부지를 내려다보고 있었다.

"어때요? 기대 이상이죠?"

최치우가 자신만만한 미소를 지으며 입을 열었다.

내내 진지한 표정이던 임동혁은 고개를 끄덕여 수긍할 수밖에 없었다.

"이런 금싸라기 부지를 내주다니… 운이 좋았다고 해야 할지 모르겠지만, 정부에서 큰마음을 먹은 것 같습니다."

"누구 덕분이겠어요? 나의 찬란한 협상력의 결과 아닙니까?"

최치우는 농담을 던지며 기분을 냈다.

부지를 직접 확인하니 에너지 드링크를 마신 것처럼 손끝으로 뜨거운 기운이 넘쳤다.

발전소가 들어설 지역은 외딴 지방이 아니었다.

수도권, 그것도 서울에 바로 인접하여 한창 뜨고 있는 도시 광명의 외곽 공터를 부지로 제공받게 됐다.

원래 정부에서는 서울과 한참 떨어진 지방 도시를 우선순위에 놓았었다.

그러나 최근 개발이 시작된 광명 뉴타운이 변수로 급부상했다.

광명 뉴타운은 서울 인근에 개발되고 있는 대규모 신도시 프로젝트다.

국토부는 서울의 들끓는 부동산 시장을 광명 뉴타운 수요로 해결하기 위해 전력을 기울이고 있었다.

그런데 대통령이 소울 스톤 발전소라는 월척을 들고 온 것이다.

부지와 건설 비용을 무상으로 제공하고, 20년의 운영권을 넘기는 파격적인 조건이지만 이미 협상은 끝났다.

다른 기업 같으면 퍼주기 논란이 생겼을 수도 있다.

하지만 국민들은 대한민국의 새로운 자부심으로 떠오른 올림푸스를 정부보다 더 강하게 지지하고 있었다.

환경성과 효율성, 안정성 면에서 타의 추종을 불허하는 소울 스톤 발전소는 세계가 주목하는 혁신 시설이다.

그러한 소울 스톤 발전소에서 생산된 에너지로 광명 뉴타운의 전력을 공급한다면?

뉴타운의 인기도 올라가고, 한국 정부의 친환경 대체에너지

정책도 알리고, 그야말로 일석이조였다.

그렇게 부지가 수도권으로 결정 된 것이다.

"광명 뉴타운에 입주할 수십만 명이 쓸 전기를 소울 스톤 하나로 해결하게 될 겁니다. 가슴이 뛰지 않습니까?"

최치우는 모처럼 흥분하고 있었다.

뉴타운도, 발전소도 건립이 되려면 한참 멀었다.

공사가 진행 중인 뉴타운의 첫 번째 아파트 단지는 2년 후 입주 예정이다.

발전소도 지금부터 설계를 시작하면 그즈음 완공 될 것이다.

그러나 2년이라는 시간은 쏜살같이 지나갈 것 같았다.

겨우 700일만 지나가면 상상도 못 했던 미래가 현실이 된다.

환경 오염 없이, 그리고 원자력처럼 위험부담 없이 도시의 에너지를 책임질 수 있다.

최치우는 소울 스톤으로 인류의 미래를 바꾸는 초석을 쌓은 것이다.

그 짜릿한 기분은 말로 설명할 수 없다.

몇 조원 대의 부자가 되거나 국제적인 명성을 누리는 것보다 더 가슴 뛰는 일이었다.

'물론 해결해야 할 문제도 많지. 우린 겨우 샐러맨더의 소울 스톤 하나로 에너지 추출에 성공했을 뿐, 아도니스의 소울 스톤은 파괴될 수도 있어. 더 많은 소울 스톤을 찾아서 실험 성공률을 높여야 해.'

최치우는 전율을 느끼면서도 현실에 안주하지 않았다.

소울 스톤은 반영구적인 에너지원이다.

대신 현재로선 수량이 한정돼 있고, 에너지 추출 성공률이 25% 수준이다.

그 문제를 극복하기 위해선 최치우가 발에 땀이 나도록 전 세계를 돌아다녀야 한다.

우우우우웅—

그때였다.

최치우의 주머니 속 폰이 정신없이 울렸다.

스마트폰 화면에는 전금녀의 이름이 떠올랐다.

한국 최고의 현금 부자인 전금녀는 기꺼이 최치우의 장기 말이 돼 주기로 했다.

그녀가 3,000억을 투자한 덕분에 주요 전기차 회사의 주가가 유지됐다.

주가를 조작해 전기차 회사를 집어삼키려던 에릭 한센은 큰 타격을 입었다.

그러고 나서 제법 오랜만에 연락이 온 것이다.

"여사님, 잘 지내셨죠?"

최치우는 반갑게 전화를 받았다.

예전처럼 홀홀홀거리는 전금녀 특유의 웃음소리가 들려올 것 같았다.

—자네, 그 소식 들었는가?

그런데 전금녀의 음성에서 웃음기를 찾아볼 수 없었다.

뭔가 큰일이 터진 듯 가라앉은 목소리였다.

최치우는 불길한 기운을 느끼며 물었다.

"무슨 일이 생겼습니까?"

—T 모터스의 공장에 불이 났다는구먼.

"미국 공장에요?"

발전소 부지를 보며 들떠 있던 최치우는 피가 차갑게 식는 느낌이었다.

T 모터스는 업계 1위의 전기차 회사다.

전금녀는 최치우의 말을 듣고 T 모터스에만 2,000억 원이 넘는 현금을 쏟아부었다.

이어진 그녀의 말은 더욱 충격적이었다.

—상반기 출고 예정이던 전기차 4,500대가 홀라당 불에 타버렸다네. 아무래도 수상쩍지 않은가?

전금녀는 T 모터스의 화재가 우연이 아니라고 생각했다.

최치우도 마찬가지였다.

캄캄하고 음침한 음모의 그림자가 비치는 것 같았다.

미래의 에너지 패권을 둘러싼 전쟁은 끝나지 않았다.

이제 막 시작됐을 뿐이었다.

8장
빙산의 일각

펑—! 퍼퍼펑—!

폭죽이 파란 하늘을 수놓았다.

겨울의 한파가 물러가고, 완연한 봄의 기운이 사람들을 기분 좋게 만들었다.

최치우는 환경부 장관과 함께 테이프를 커팅했다.

동시에 쏘아진 축포는 소울 스톤 발전소의 건립을 기리는 것이었다.

약 1년의 공사 기간을 거쳐 광명 뉴타운의 전력을 책임질 발전소가 들어서게 된다.

정부의 공식 발표와 함께 올림푸스의 주가는 다시 한번 폭등했다.

소울 스톤을 공개한 것만으로 시가총액은 단기간에 30억 달러에서 120억 달러로 4배나 뛰었었다.

그런데 이제 소울 스톤에서 에너지를 추출할 수 있음이 확인되었다.

소울 스톤이라는 특별한 물질의 효용 가치가 공인을 받은 셈이다.

덕분에 주가 상승세는 가파르게 이어져 끝을 짐작하기 어려웠다.

올림푸스 시총은 150억 달러를 돌파했고, 올해 안에 200억 달러는 넘길 거라는 전망이 우세했다.

그렇게 되면 시총 20조가 되는 것이다.

국내 2위 기업인 현기 자동차의 시가총액이 30조 부근이다.

회사의 규모나 매출로 따지면 올림푸스는 현기 자동차의 10분의 1도 안 된다.

하지만 미래를 바꿀 수 있다는 가능성으로 현기 그룹의 목 밑까지 추격했다.

그리 놀라운 일은 아니었다.

페이스북의 시가총액은 5천억 달러가 넘는다.

우리 돈으로 환산하면 무려 500조 원 이상이다.

이제는 세계를 이끄는 공룡 기업이 됐지만, 그들 역시 처음 기업 공개를 하며 상장했을 때는 실적보다 가능성으로 주목을 받았었다.

전통적인 제조업 강자보다 미래 지향적 기업들의 시가총액이 높아지는 것은 세계적인 추세다.

그동안 한국만 유독 세계의 흐름에서 비껴나 있었다.

창의적인 기업이 성장할 발판과 토대가 부족했기 때문이다.

그러나 올림푸스의 등장으로 한국도 세계적인 트렌드에 꿇리지 않는 기업을 내세울 수 있게 됐다.

단순히 올림푸스 하나만 잘나가고 마는 문제가 아니다.

선두주자의 분발은 후발주자에게 다양한 기회를 열어준다.

김연아가 올림픽 금메달을 따면서 수많은 김연아 키즈들이 전국 피겨 연습장을 채웠다.

그로 인해 한국의 피겨 스케이트 인프라가 달라질 수 있었다.

마찬가지로 최치우를 롤 모델로 삼는 학생들이 늘어나며 중고등학교와 대학교 분위기가 변했다.

대기업과 공무원 일색이던 학생들의 장래 희망 리스트를 창업이나 스타트업이 채우기 시작했다.

이렇게 시간이 흐르면 한국도 말로만 창의력을 떠드는 게 아닌, 진정한 창의 국가로 부상할 수 있다.

역사는 저절로 만들어지는 게 아니다.

시대정신을 여는 거인이 나타나야 역사의 물결이 바뀌는 법이다.

최치우는 과거 한국에 존재하지 않았던 타입의 인물이다.

그는 올림푸스와 함께 한국의 토양과 문화를 개선시키고 있었다.

"축하드리오, 최 대표."

기공식이 끝나갈 무렵, 환경부 장관이 최치우에게 따로 인사를 건넸다.

행사가 진행되는 내내 장관의 표정은 무척 밝았다.

사실 환경부 장관에게도 영광스러운 일이었다.

세계 최초의 친환경 소울 스톤 발전소를 짓는 역사적 현장에 이름을 올렸기 때문이다.

정부가 부지와 건립 비용을 무상으로 제공하며 20년의 운영권을 넘겼지만, 그것을 문제 삼는 국민은 거의 없었다.

몇몇 언론들이 악의적 기사를 써도 올림푸스 홍보팀에서는 묵살하고 넘어갔다.

올림푸스는 광고비를 노리고 무조건 비판적 기사를 쓰는 언론의 행태에 놀아나는 회사가 아니었다.

"앞으로 잘 부탁드리겠습니다, 장관님."

"내가 최 대표님에게 잘 부탁을 드려야지요. 광명을 시작으로 전국 곳곳에 소울 스톤 발전소가 들어서는 날을 함께 그려보십시다. 물론 내 임기는 그 전에 끝나겠지만, 하하하하!"

환경부 장관이 농담을 하며 웃음을 터뜨렸다.

최치우는 미소로 화답했다.

에너지 추출이 가능한 소울 스톤이 현재로선 하나뿐이라는 사실을 굳이 알려줄 이유는 없다.

아도니스의 소울 스톤은 당분간 실험 대상으로 삼지 않을 것이다.

샐러맨더의 소울 스톤을 이용한 발전소 건립이 끝나고, 다른 소울 스톤을 확보한 다음 2차 실험에 들어가도 늦지 않다.

그사이 미래 에너지 탐사대는 지속적인 연구를 통해 실험 성공률을 높여야 한다.

언제까지 25%의 확률에 도박을 걸 수는 없기 때문이다.

최치우는 속에 있는 많은 말을 꾹 삼킨 채 화제를 돌렸다.

"요즘 환경부에서 관심을 두는 이슈는 어떤 게 있을까요?"

"그거야 뭐 전기차 아니겠소. 그런데 생각보다 국내 인프라 구축이 늦어질 것 같다오. T 모터스도 불이 나는 바람에 국내 시장 진출에 차질이 생겼고……."

환경부 장관이 얼마 전 세계를 떠들썩하게 만든 뉴스를 언급했다.

최치우는 심각한 얼굴로 고개를 끄덕였다.

T 모터스의 공장에 불이 난 것은 보통 일이 아니다.

여러 나라의 전기차 인프라 구축에 영향을 끼치는 대형 사건이었다.

"장관님, 대표님. 마지막 사진 촬영으로 모시겠습니다."

그때 행사 안내 요원이 두 사람을 불렀다.

최치우는 생각을 멈추고 미소를 지으며 포토 라인에 섰다.

어쨌거나 오늘은 기념비적인 날이다.

끝까지 밝은 얼굴로 기공식을 잘 마무리 지어야 한다.

최초의 소울 스톤 발전소는 향후 20년 동안 올림푸스에게 수십조의 매출을 안겨줄 것이다.

찰칵— 찰칵—!

기자들의 플래시 세례가 터졌다.

최치우는 환경부 장관과 나란히 서서 환하게 웃었다.

한국과 외국을 가리지 않고 수많은 여심을 사로잡은 그의 미소가 내일 신문 1면에 실릴 것이다.

하지만 최치우의 속내는 복잡했다.

그는 어둠 속에서 위험한 게임이 시작됐음을 직감하고 있었다.

석연치 않은 T 모터스의 화재 사건이 최치우를 고민하게 만들었다.

운명의 시계추가 불안하게 흔들리는 듯했다.

*　　　*　　　*

사람들은 최치우가 매일 파티를 벌이며 하늘 위에 둥둥 뜬 기분으로 살 거라 생각한다.

정부의 대대적 지원을 받으며 기공식이 무사히 끝났고, 최신 설비를 갖춘 소울 스톤 발전소가 지어지기 시작했다.

150억 달러를 돌파한 시총 덕분에 최치우의 개인 자산은 7조 원을 넘기게 됐다.

24살 청년이 7조 원이라는, 현실감 없는 금융자산을 지닌 부자가 된 것이다.

전문가들의 전망대로 올림푸스 시총이 200억 달러를 넘어서면 그의 자산은 10조 가까이 치솟는다.

오성그룹의 회장과 부회장을 제외하면 한국 최고의 부자로 우뚝 서는 게 시간 문제였다.

그렇지만 최치우는 두 가지 감정을 느끼고 있었다.

첫째는 미안함, 둘째는 찜찜함이다.

사람들의 예상처럼 최치우는 샴페인을 터뜨리며 희희낙락하지 않았다.

자수성가로 적당히 성공한 사람들은 일찍 은퇴를 해서 여생을 즐기기도 한다.

그러나 기준을 넘어가는 성공, 한계를 초월한 성공은 사람을 다른 차원으로 이끈다.

최치우는 이미 세상을 바꾸는 재미를 맛봤다.

수천 년에 걸쳐 형성된 서양 위주의 세계 질서를 뒤흔들고, 인류의 미래를 새롭게 설계하는 게 목표가 됐다.

재산이 10조가 아닌 100조가 되고 말고가 중요한 게 아니었다.

보통 사람들은 상상하기 힘든 게임 체인저(Game Changer)의 삶이다.

자기 손으로 세계를 변화시키는 거인들의 전쟁터에 발을 들인 이상, 결론은 정해져 있다.

살아 있는 신화가 되거나 처절하게 몰락하거나… 둘 중 하나밖에 없는 것이다.

수십만 명의 제국군을 상대로 전쟁을 벌일 때보다 더 짜릿한 기분이었다.

동시에 여태껏 경험하지 못한 책임감과 성취감을 느끼기도 했다.

그래서 최치우는 소울 스톤 발전소 건립이라는 역사를 만들고도 마냥 샴페인에 취하지 않았다.

그가 미안함을 느끼는 대상은 다름 아닌 전금녀였다.

최치우를 믿고 3,000억이라는 거액을 투자한 그녀는 상당한 이익을 봤었다.

전기차 회사인 T 모터스와 드림 모터스 주식이 꽤 올랐었기 때문이다.

그런데 갑작스런 화재로 T 모터스의 최신 전기차 4,500대가 소실됐다.

추정되는 손실액은 공장 설비를 합쳐 무려 1조 원이다.

세계 최고의 전기차 회사로 잘나가던 T 모터스는 뿌리부터 휘청거리게 됐다.

당장 미국 정부에 긴급 구호 자금을 요청했지만 앞날은 불투명하다.

오르던 주식 역시 하한가를 거듭하고 있었다.

전금녀는 아직 T 모터스에서 발을 빼지 않았다.

하지만 이대로 가면 어마어마한 손해를 보게 생겼다.

최치우가 미안함을 느낄 수밖에 없는 상황이었다.

두 번째 감정인 찜찜함도 T 모터스와 연관이 있었다.

최신 설비를 갖춘 공장에는 웬만해선 불이 나지 않는다.

가끔 화재가 발생해도 금방 불길이 잡힌다.

자동으로 불을 끄는 화재 대비 시스템이 잘 갖춰져 있기 때문이다.

그렇기에 대형 화재는 공장이 아닌 산이나 들에서 발생한다.

최첨단 기술로 무장한 T 모터스의 공장에서 그만한 불이 났다는 건 납득하기 힘들었다.

"보이지 않는 뭔가가 있어. 분명히."

최치우는 직원들이 모두 퇴근한 여의도 사무실에 혼자 남았다.

늦게까지 야근을 하던 직원도 집으로 돌아갔다.

그야말로 캄캄한 밤, 사무실에서 한강과 여의도 빌딩 숲을 바라보며 생각을 정리하고 있었다.

"네오메이슨의 짓일까? 그렇다고 보기엔 손해가 너무 막심할 텐데."

최치우는 네오메이슨을 의심할 수밖에 없었다.

T 모터스의 화재는 절대 자연스러운 사고가 아닌 것 같았다.

누군가 의도적으로 미친 짓을 벌인 거라면, 네오메이슨 말고는 떠오르는 세력이 마땅치 않다.

하지만 동기가 약하다.

에릭 한센은 T 모터스 주식을 의도적으로 떨어뜨린 후 대량 매수 할 계획이었다.

그러나 이번 화재로 T 모터스는 폭삭 망할 위기까지 내몰리고 말았다.

에릭도 제법 많은 돈을 투자했는데 T 모터스가 망하면 수천억의 손실을 보게 된다.

얻는 것은 없고, 잃는 것은 너무 많다.

아무리 최치우에게 여러 번 당했어도 에릭은 월가의 천재 금융인으로 통한다.

그가 막대한 손실을 감당하며 T 모터스 공장에 화재를 일으켰을까.

만약 네오메이슨이 사건의 배후라면 그만한 동기가 있어야 했다.

수천억의 손실을 감수하고라도 불을 내야만 하는 동기.

그게 무엇인지 아직 감이 잡히지 않았다.

상대의 카드를 모르면 게임에서 질 수밖에 없다.

최치우는 올림푸스를 세운 이후 이렇게 찜찜한 적이 또 있었나 싶었다.

"처음으로 돌아가자. T 모터스를 망하게 만들어서 이득을 보는 사람이 누구일까."

모든 동기는 이득과 관련이 있다.

에릭 한센이 의심스럽지만, 그는 T 모터스 화재로 손해를 입게 됐다.

그렇다면 에릭은 화재의 배후가 아닐 가능성이 높다.

하지만 에릭이 곧 네오메이슨인 것은 아니다.

그는 네오메이슨의 일원이지만, 어쩌면 얼굴마담일 수도 있다.

에릭의 이득과 네오메이슨의 이득이 언제나 일치한다는 보장은 없다.

"전기차 회사가 망하면… 기존의 자동차 회사들이 반사 이익을 누리겠지. 그리고… 석유. 그래, 석유다!"

최치우는 유레카를 외치듯 혼자 목소리를 높였다.

동시에 오싹한 소름이 돋았다.

만약 방금 떠오른 가설이 진짜라면, 네오메이슨은 인류를 상대로 거대한 음모를 꾸미는 미친 집단일 것이다.

"유태인들과 서양의 금융자본은 석유 회사를 틀어쥐고 있어. 미국이 중동에서 전쟁을 일으킨 것도 유전을 지배하기 위해서였고. 그런데 전기차의 등장으로 석유 시대의 종말이 다가왔지. 에릭이 전기차 회사와 대체에너지 회사에 관심을 가지고 투자를 진행한 게 돈을 벌기 위해서가 아니었다면… 오히려 전기차와 대체에너지를 망쳐서 석유 패권을 연장하기 위한 노림수라면……. 그들에게 수천억의 손실 따위는 가볍게 무시할 수 있는 수준이군."

혼잣말로 생각을 정리한 최치우는 정신이 번쩍 들었다.

네오메이슨은 에너지 패권을 유지하기 위해 물불을 가리지 않는다.

지금 이러고 있을 때가 아니었다.

최치우는 얼른 겉옷을 챙겨 입었다.

사무실 밖으로 뛰어나가는 그의 발걸음이 무척 다급해 보였다.

*　　*　　*

최치우는 차를 타고 강남으로 움직였다.

늦은 밤이지만, 강남은 진정 불야성(不夜城)이었다.

화려한 조명이 더해져 낮보다 더 밝고 활기찬 느낌이 감돈다.

형형색색 슈퍼카가 클럽과 술집이 즐비한 거리를 어슬렁어슬렁 돌아다니는 것도 낯선 풍경이 아니다.

슈퍼카에 탄 남자들은 창문을 반쯤 내리고 시선을 즐긴다.

그들은 마치 사냥감을 찾아 헤매는 맹수처럼 위풍당당하게 강남 거리를 주름잡는다.

하지만 웬만한 슈퍼카도 롤스로이스 앞에서는 한 수 접어줄 수밖에 없다.

람보르기니와 페라리는 중고차 거래가 활성화돼 있다.

반면 롤스로이스는 중고 매물이 매우 적은 편이다.

진짜 부자들이 신차로 사서 오래 타는 차가 바로 롤스로이스다.

최치우가 몰고 온 롤스로이스 레이스 앞에는 환희의 여신이 뾰족하게 솟아 있었다.

그는 요란하게 액셀을 밟으며 배기음을 뽐내지 않았다.

물 흐르듯 조용하게 논현역 골목으로 들어왔다.

그럼에도 많은 사람들이 최치우의 레이스를 쳐다봤다.

구형 람보르기니와 R8을 타고 한껏 거들먹거리던 남자들은 말없이 창문을 올렸다.

진짜가 나타나면 어중이떠중이는 몸을 사리는 게 세상의 이치다.

그러나 최치우는 자신의 차를 향해 쏟아지는 관심을 의식하지 않았다.

겨우 그런 걸 즐기려고 논현동으로 온 게 아니다.

여의도 사무실에서 혼자 깊은 생각에 빠져 있다 급히 나온 이유는 하나였다.

강남에서 술을 마시고 있는 임동혁을 픽업하기 위해서다.

임동혁은 몇 안 되는 대학원 동기들과 모임이 있어 차를 두고 나갔다.

어차피 아침까지 마실 작정이기에 택시를 탄 것이다.

그런데 최치우가 사무실에서 뛰쳐나온 시간은 밤 11시 무렵이었다.

하필이면 강남에서 절대 택시가 안 잡히는 마의 시간이다.

콜택시나 택시 어플 모두 자정 근처에는 꿈쩍도 하지 않는다.

당장 임동혁을 만나 중요한 대화를 나누려는 최치우에겐 다른 선택지가 없었다.

물론 임동혁이 수표 한 장을 꺼내 들면 택시를 잡을 수 있을 것이다.

강남에서 여의도까지 10만 원을 준다는데 마다할 택시는 없다.

하지만 그러는 시간에 최치우가 움직이는 게 더 빠를 것 같았다.

어차피 여의도에서 만나도 다른 장소로 이동해야 한다.

결국 최치우는 여자 친구도 아닌 임동혁을 데리러 운전대를 잡게 됐다.

"이야! 이 동네에서 보니 때깔이 확 삽니다. 역시 차는 이래야지."

미리 길에 나와서 기다리던 임동혁이 감탄을 터뜨렸다.

그러고 보니 최치우의 차를 직접 골라준 사람이 임동혁이었다.

지이잉—

"시간 없습니다. 빨리 타세요."

최치우는 창문을 살짝만 내리고 차갑게 말했다.

길바닥에서 농담 따먹기를 할 기분이 아니었다.

임동혁도 분위기를 간파하고 얼른 조수석에 올라탔다.

웬만한 일이면 최치우가 밤 11시에 전화를 걸지 않았을 것이다.

게다가 당장 만나기 위해 강남까지 데리러 올 정도면 보통 일이 아닌 게 분명했다.

사실 임동혁도 오랜만에 동기들과 모인 자리에서 예고 없이 일어났다.

그러나 불평스럽게 툴툴거릴 타이밍이 아니라는 걸 알고 있었다.

"무슨 일입니까? 전화로 말해주지 못할 정도면."

임동혁은 다시 액셀을 밟고 어디론가 움직이기 시작한 최치우의 옆모습을 쳐다봤다.

하지만 최치우는 고개를 돌리지 않았다.

계속 앞을 보고 운전을 하면서 대답했다.

"T 모터스 공장의 화재는 아무리 생각해도 사고가 아닌 것 같습니다."

"에릭 한센을 의심하는 겁니까?"

임동혁은 대번에 그의 이름을 꺼냈다.

최치우와 에릭이 어떤 관계인지 옆에서 지켜봤기 때문이다.

특히 얼마 전에는 뉴욕에서 에릭과 엘리시움 동아시아 지부장 루이스 해밀턴이 굴욕을 당했다.

임동혁은 최치우 덕분에 어디서도 보기 힘든 진풍경을 목격했었다.

한국의 신성 최치우와 월스트릿의 천재 에릭 사이에 여전히 앙금이 남아 있다는 건 불 보듯 뻔한 일이었다.

"에릭일 수도, 아닐 수도 있습니다."

"그게 무슨……."

최치우의 아리송한 대답에 임동혁이 눈을 가늘게 떴다.

그는 뒤늦게 안전벨트를 하며 말을 계속했다.

"누군가 T 모터스 공장에 불을 냈을 수는 있습니다. 하지만 에릭 한센은 아닐 겁니다. T 모터스 주가가 폭락하며 에릭 또

한 엄청난 손실을 입지 않았습니까. 이대로 값이 떨어진 주식을 대량 매수 한다고 해도 언제 손실을 회복할지 모릅니다. 에릭이 M&A로 수작을 부리지만, 이렇게 회사를 망할 위기로 몰아넣으며 벼랑 끝에 서지는 않습니다."

임동혁의 논리는 지극히 상식적이었다.

최치우도 그와 똑같이 생각했다.

그러나 여의도에서 깨달은 사실을 임동혁에게 말해주면 입을 다물지 못할 것이다.

부와아아앙—!

때마침 도로가 트이며 최치우가 액셀을 강하게 밟았다.

묵직한 배기음과 함께 커다란 차체가 화살처럼 쏘아져 나갔다.

운전석과 조수석에 앉아 있는 두 사람은 순간적으로 몸이 의자에 파묻히는 중력을 느꼈다.

의도한 것은 아니지만, 차의 움직임이 마치 최치우의 심정을 대변하는 듯 했다.

"T 모터스에 투자된 주식 수천억 원이 중요한 게 아닙니다. 에릭이 어디까지 관여했는지 모르겠습니다만, 그들에게는 석유 패권을 지키는 게 훨씬 더 중요합니다."

"……."

임동혁은 머리가 비상하게 좋은 남자다.

석유 패권이라는 말만 듣고 이상한 낌새를 눈치챘다.

그의 표정이 점점 어두워지려는 찰나, 최치우가 핸들을 꺾으며 말을 이었다.

"전기차 회사와 대체에너지 기업에 에릭이 얼마나, 어떻게 투자를 했는지 확실히 알아야겠습니다. 내 생각이 맞다면 그들은… 인류의 운명을 가지고 장난을 치고 있습니다."

"그들이 대체 누구입니까? 그리고 우린 지금 어디로 가고 있는 겁니까?"

"네오메이슨."

"네?"

임동혁이 어리둥절한 표정을 지었다.

하지만 곧이어 뭔가 생각난 듯 손뼉을 부딪쳤다.

짝—!

"뉴욕에서 에릭에게 굴욕을 줄 때! 그때도 대표님이 네오메이슨이란 말을 했습니다!"

"그들이 에릭을 이용했거나, 아니면 함께 움직이거나. 둘 중 하나일 겁니다. 그리고 우린 지금 김도현 교수님의 자택으로 가는 중입니다."

"이 시간에 김 교수님의 자택을 방문한단 말입니까?"

"T 모터스 공장을 불태운 놈들이 교수님께 무슨 짓을 할지 모릅니다. 한시라도 빨리 상황을 파악하고, 경계 태세를 갖춰야죠."

최치우는 마치 전시 상황에 돌입한 장군처럼 비장하게 말했다.

입으로만 전쟁, 전쟁거리는 게 아니었다.

상대는 석유 패권을 유지하기 위해 세계 최고의 전기차 회사 생산 공장에 불을 질렀다.

더구나 에릭은 이미 아프리카 게릴라 반군 레드 엑스를 동원한 전력이 있다.

그들이 김도현 교수나 임동혁, 또는 최치우 자신을 노리고 무슨 짓을 벌여도 이상하지 않은 것이다.

"석유 패권, 인류의 운명……."

임동혁도 사태의 심각성을 깨달았다.

그는 최치우가 해준 말을 곱씹으며 열심히 퍼즐을 맞추기 시작했다.

동기들과의 모임에서 마신 술기운은 벌써 저만치 날아가고 없었다.

정신이 번쩍 들었기 때문이다.

최치우도 여의도에서부터 계속 날이 곤두선 상태였다.

그동안 에릭 한센과 네오메이슨을 과소평가하고 있었다.

그들은 그저 주식과 인수 합병으로 거액의 돈을 벌면서 폼을 잡는 같잖은 상대가 아니었다.

석유 패권을 비롯해 다양한 영역에서 인류의 운명을 제멋대로 조종하고 있을지 모르는 어둠의 손길이다.

김도현 교수의 자택으로 달려가는 길, 최치우는 밤하늘처럼 어두운 얼굴을 하고 있었다.

* * *

지난밤, 최치우는 급하게 임동혁을 픽업하고 김도현 교수의 연희동 자택까지 다녀왔다.

그는 급작스레 주최한 3인 회의에서 심도 깊은 이야기를 나누었다.

네오메이슨을 어떻게 알게 됐는지, 에릭과 네오메이슨의 연관점은 무엇인지 등 밝히지 못했던 비밀을 공유했다.

그들이 T 모터스의 공장까지 태워 버린 이상 수면 아래에서 싸울 시기는 지났기 때문이다.

올림푸스는 전 세계에서 네오메이슨과 맞서는 선봉장이 될지도 모른다.

그렇기에 적어도 임동혁, 김도현과는 모든 것을 터놓고 의논할 필요가 있었다.

해가 뜰 무렵까지 길게 이어진 3인 회의가 끝나고, 최치우는 가장 먼저 경호업체부터 물색했다.

연예인들 행사 보조를 돕는 수준의 경호업체로는 부족하다.

그는 실전이 발생했을 때 확실하게 의뢰인을 경호할 수 있는 최고의 전문가들을 원했다.

한국에서 거의 벌어지지 않는 총격전도 염두에 두고 훈련하는 경호업체는 손에 꼽을 정도다.

당연히 엄청난 비용을 지불해야 하지만, 돈을 아낄 일이 아니었다.

만에 하나 김도현 교수나 임동혁이 피습을 당하면 돈으로 따질 수 없는 손해를 입는다.

하지만 두 사람 다 전문 경호원이 붙는 걸 부담스럽게 여겼다.

치안이 잘 갖춰진 한국에서 약간 오버하는 느낌도 들었다.

그러나 최치우의 태도는 강경했다.

무엇보다 둘의 안전이 우선이었다.

올림푸스를 이끄는 리더의 결정에 임동혁과 김도현도 마지못해 수긍을 했다.

최치우는 아무 이유 없이 호들갑을 떨지 않는다.

그가 한밤중에 긴급회의를 주최하고, 경호원부터 찾는 걸 보면 심각성을 느낄 만했다.

최고의 업체를 추천받은 최치우는 이후로도 바쁘게 움직였다.

날밤을 샜지만 눈도 붙이지 않았다.

우선 T 모터스 공장 화재의 진실부터 파악하는 게 급선무였다.

이미 언론에서는 기계 오작동에 의한 화재로 결론이 났다.

깐깐한 미국 보험회사에서도 사고로 판정을 내렸다.

그렇기에 이제와 한국에서 진실을 추적하는 건 어려워 보였다.

만약 별다른 소득이 없을 경우 석유 패권을 위해 네오메이슨이 일을 벌였다는 주장은 최치우 혼자만의 추측이 된다.

물론 최치우는 증거가 없어도 자기 확신을 믿고 움직일 것이다.

그래도 보다 확실한 대응을 위해서는 진실을 알 필요가 있었다.

사실 T 모터스의 화재는 벌어진 일이다.

네오메이슨이 수면 위로 마각을 드러냈다면, 여기서 멈추진 않을 것 같았다.

사태를 관망하다가 언제 또 이런 대형 사고를 일으킬지 모른다.

그들의 다음 수를 예측하기 위해서라도 많은 정보가 필요했다.

최치우는 급한 대로 어나니머스 인도 지부장을 찾았다.

오랜만에 거금을 주고 의뢰할 일이 생긴 것이다.

미스터리한 해커 집단 어나니머스는 중요한 고비마다 최치우의 힘이 돼 줬다.

물론 천문학적인 돈이 오가는 거래 관계지만, 그들 입장에서도 최치우처럼 믿음직한 의뢰인은 함부로 할 수 없는 존재였다.

어나니머스는 거래 대금을 비트코인으로 요구했다.

당국의 추적이 불가능한 가상 화폐가 음지의 결제 수단으로 떠오른 것이다.

예전처럼 복잡하게 자금 세탁을 해서 현금을 건넬 이유가 없어졌다.

최치우는 어나니머스와 다시 거래를 하며 세계를 휩쓸고 있는 가상 화폐의 위력을 체감했다.

일을 맡기려다 새로운 트렌드를 공부하게 된 셈이다.

이렇게 얻은 지식은 분명 써먹을 때가 나타난다.

"어나니머스 하나만 믿고 있을 순 없어."

최치우는 자타공인 세계 1위 해커들에게 일을 맡기고도 안심하지 않았다.

가능한 모든 수단을 동원해 네오메이슨을 집중적으로 해부하고 싶었다.

그동안 네오메이슨과 에릭 한센을 너무 만만히 보다 뒤통수를 맞은 격이기 때문이다.

처음에는 어디서부터 진실을 파헤칠지 막막했다.

그러나 최치우의 네트워크, 즉 인맥은 자기 자신이 생각하는 것보다 훨씬 대단했다.

세계적인 명성, 실리콘밸리의 스타들을 능가하는 인기, 각종 행사를 다니며 명함을 주고받은 거물들.

그것은 억만금을 줘도 살 수 없는 최치우의 무기였다.

최치우가 전화를 하면 받는 사람은 엄청나게 반가워했다.

어려운 부탁을 해도 마찬가지였다.

다른 사람도 아닌 최치우에게 마음의 빚을 지울 수 있다면 남는 장사라고 생각하는 것 같았다.

보통 사람들도 한 다리만 건너면 다 아는 사이라는 말을 쓴다.

최치우 레벨에서 만나는 국제적인 거물들끼리는 더욱 심하다.

전화 한 통이면 건너건너 CIA 국장이나 이스라엘의 비밀정보기관 모사드 지부장이 연결되는 게 허풍이 아니었다.

최치우라는 이름 석 자의 값어치는 전 세계에서 통하는 보증수표가 됐다.

오히려 스스로 인식하지 못했을 뿐, 그가 동원할 수 있는 힘은 무서울 정도였다.

한밤의 소동이 있고 정확히 1주일 뒤, 최치우는 어나니머스를 비롯해 세계 각국의 라인에서 날아온 보고서를 받아들었다.

T 모터스의 화재가 어떻게 발생했는지, 에릭 한센의 금융자산이 어디에 집중 투자돼 있는지, 에릭과 알게 모르게 연결된 것처럼 보이는 자금 출처가 어디인지.

보고서를 읽는 최치우의 표정이 냉탕과 온탕을 오갔다.

한 가지 확실한 점은 그가 드디어 네오메이슨의 실체에 근접했다는 사실이다.

최치우는 수면 아래에 숨어 있던 빙산의 진면목을 직시하게 됐다.

에릭 한센이 아닌, 그를 움직이는 주인에게 제대로 선전포고를 할 시간이었다.

9장
석유 전쟁

에릭 한센이 작년부터 각 국의 대체에너지 개발 회사에 투자를 실시한 건 이미 알려진 사실이다.

월스트릿의 선수들은 에릭이 좋게 보면 금융 천재, 나쁘게 보면 약탈적 M&A를 즐기는 하이에나란 걸 익히 알고 있었다.

하지만 일반 대중들은 에릭을 혁신적인 투자자로 인식해 왔다.

그가 전기차, 대체에너지, 우주 로켓 등 미래를 여는 사업에 투자하며 이미지 메이킹을 했기 때문이다.

최근 여동생의 탈세와 횡령 스캔들로 곤욕을 치렀지만, 에릭의 이미지는 여전히 좋은 편이었다.

최치우와 에릭을 동서양의 젊은 혁신가로 비교하는 기사도 종종 실릴 정도였다.

물론 최치우는 그의 실체가 따로 있다고 생각했다.

에릭이 네오메이슨의 일원인 것도, 혁신적인 이미지를 내세우지만 실제로는 돈에 눈이 먼 하이에나인 것도 다 안다고 여겼다.

이미 여러 번 에릭 한센을 궁지에 몰았고, 잊지 못할 굴욕을 선사하기도 했다.

처음에 만났을 때는 에릭의 존재가 무진장 커 보였지만, 이후로는 금융자산이 많을 뿐 한 수 아래라고 판단할 수밖에 없었다.

그러나 어나니머스와 세계 각국의 네트워크를 동원해서 받은 보고서는 전혀 다른 이야기를 하고 있었다.

보이지 않는 수면 아래, 감춰진 진실 속 에릭 한센은 얕잡아볼 상대가 아니었다.

그는 네오메이슨의 선봉대이자 정찰조였다.

금융으로 돈을 버는 건 에릭에게 주어진 진짜 임무와 거리가 멀었다.

오히려 돈이라면 얼마든지 잃어도 된다.

수백억, 수천억을 잃어도 네오메이슨은 눈 하나 깜짝하지 않는다.

에릭의 역할은 새롭게 등장한 혁신적인 사업을 파악해 낱낱이 분석하는 것이다.

전기차, 대체에너지, 우주 로켓, 자율 주행 시스템 등등.

인류와 세계의 미래를 바꿀 수 있는 사업 아이템이 나타나면 에릭은 무조건 투자를 감행했다.

그는 주요 투자자 자격으로 사업의 속살을 살펴보고, 네오메이슨과 정보를 공유한다.

덕분에 대외적으로는 혁신적인 투자자 이미지를 만들 수 있었다.

하지만 실상은 새로운 사업이 네오메이슨의 패권, 석유를 비롯한 기존의 질서에 위협이 될지 간을 보는 스파이인 셈이다.

위협이 된다고 판단하면 앞장서서 혁신적인 사업을 망친다.

이번처럼 T 모터스 공장에 불을 지른 것은 극히 예외적인 케이스다.

보통은 주가 조작으로 장난질을 치고, 기업의 재무 구조를 취약하게 만든 다음 경영진을 교체하면 게임 끝이다.

과거 애플이 스티브 잡스를 쫓아낸 게 실수였다면, 에릭과 네오메이슨은 고의로 수많은 혁신가의 싹을 짓밟았다.

원래는 전기차 분야도 그렇게 망치려고 했었다.

그런데 최치우가 전금녀의 현금을 동원해 주가를 방어했고, T 모터스에 관심을 보이자 다급해진 것이다.

경영권을 흔들기 힘든 상황에서 전기차 4,500대가 풀리면 각 국의 인프라가 급성장할지도 모른다.

석유 패권으로 세계의 질서를 주름잡는 네오메이슨에겐 뼈아픈 카운터펀치다.

그렇기에 부랴부랴 불을 내며 완성된 차는 물론이고, 생산

설비까지 날려 버린 것이었다.

네오메이슨도 꼬리가 밟힐 것을 각오하고 무리수를 뒀다.

그리고 결국 진실을 추적하는 최치우에게 꼬리를 잡혔다.

사실 최치우는 에릭에게 타격을 입히려고 전금녀의 자금을 동원했을 뿐이다.

그런데 본의 아니게 석유 패권을 놓고 네오메이슨과 한판 붙은 셈이 됐다.

'내가 아니었으면 불을 지르는 강수를 두진 않았겠군. 책임감을 느껴야 하나…….'

최치우는 묘한 기분을 느꼈다.

자동차 시장을 바꿀 거라고 주목받았던 T 모터스 주가는 바닥까지 떨어졌다.

그들은 미국 정부에 구호 금융을 요청하며 망하기 직전까지 내몰린 신세로 전락했다.

최치우와 에릭의 싸움이 나비 효과가 되어 어마어마한 사건을 일으킨 것이다.

'에릭 한센, 네오메이슨……. 너희들의 잘난 패권을 위해 인류의 발전을 가로막는 암적인 존재라니. 생각했던 것보다 더 쓰레기 같은 놈들이었어.'

수천억을 날려가면서 기어코 싹을 밟는 모습을 보면 네오메이슨의 야욕이 얼마나 강한지 짐작할 수 있다.

최치우가 부랴부랴 김도현 교수와 임동혁에게 경호원을 붙인 것도 당연했다.

전기차 공장에 불을 지를 정도면 킬러를 보내는 건 일도 아니다.

한국이 치안 안전지대지만, 지금까지 생명의 위협을 못 느낀 게 이상할 지경이었다.

'소울 스톤 발전소가 완공되고, 실제로 도시의 에너지를 책임지기 시작하면… 그때 또 무슨 짓을 저지를지 모른다.'

최치우는 한시도 방심할 수 없음을 깨달았다.

에릭을 몇 번 이겼다고 해서 승부가 끝난 게 아니었다.

이제 막 네오메이슨이라는 빙산의 모습을 알아가는 단계였다.

씨익—

한동안 심각한 표정으로 생각을 정리하던 최치우의 입꼬리가 올라갔다.

"이제야 싸울 만한 적수라는 느낌이 드는군. 어쩐지 너무 만만했어."

최치우의 영혼에 각인된 호승심이 활활 타오르고 있었다.

그는 받기만 하는 성격이 아니다.

은혜든 원수든 되로 받으면 말로 갚아줘야 직성이 풀린다.

무엇보다 세계를 주무르며 인류의 발전을 막는 집단을 용납할 수 없었다.

전금녀가 피해를 봤기 때문만은 아니다.

특권 의식에 찌들어 있을 네오메이슨의 존재 자체가 너무 거슬렸다.

"재수 없는 새끼들."

최치우의 입에서 욕이 나왔다.

그는 현대에 환생한 이후 쌍욕을 뱉은 적이 거의 없다.

하지만 더 심한 욕이 목 끝까지 차올랐다.

최치우에게 불멸의 전사라는 칭호를 붙여준 첫 번째 세상, 링스 월드의 하이엘프 제국이 떠올랐기 때문이다.

하이엘프들은 숭고한 핏줄을 자부하며 다른 종족을 착취했다.

결국 치우는 무자비한 살육 전쟁 끝에 하이엘프 황제와 황태자를 죽이고 제국을 몰락시켰다.

네오메이슨의 음모를 알고 보니 하이엘프 제국의 냄새가 났다.

단순히 돈만 밝히는 집단이었다면 이 정도로 열이 받지는 않았을 것이다.

에릭과 네오메이슨은 최치우로 하여금 역겨움을 느끼게 만들었다.

그들은 어떤 대가를 치러야 할지 모르고 있었다.

최치우는 네오메이슨이 수백 년에 걸쳐 쌓아온 패권을 와르르 무너뜨릴 작정이었다.

"시궁창에 떨어져 후회의 눈물을 흘리게 해주지."

살기가 묻어나오는 말이 현실이 되기까지, 최치우는 쉬지 않고 달릴 것 같았다.

*　　　　*　　　　*

—홀홀홀, 처음부터 다 날릴지도 모른다고 생각하고 들어간 일. 자네 원망은 하지 않겠네.

전화기 너머 들리는 전금녀의 목소리에서 홀가분한 감정이 전달됐다.

그녀는 최치우를 믿고 3천억이 넘는 거금을 투자했다.

T 모터스에 투자한 2천억 원 이상의 주식은 3분의 1로 쪼그라들었다.

드림 모터스의 지분도 여파를 맞아 30% 넘게 하락했다.

몇 달 사이 무려 천억 원이 넘는 손실을 입은 것이다.

보통 사람은, 아니 아무리 대단한 사람이라도 길길이 날뛰며 원망을 쏟아내야 정상이다.

그런데 전금녀는 달랐다.

명동 제일가는 큰손이라도 3천억 원은 쉽게 생각할 수 있는 돈이 아니다.

6.25를 경험한 전쟁 세대인 전금녀는 누구 못지않게 악착같이 살면서 돈을 모았다.

그녀가 올림푸스로 달려와 난동을 피워도 이해할 수 있었다.

하지만 과연 거물은 거물다웠다.

돈놀이로 큰손이 됐지만, 전금녀는 평범한 수전노가 아니었다.

최치우는 그녀의 통 큰 배포에 진심으로 감탄하며 입을 열었다.

"여사님. 저를 한 번 더 믿어보시겠습니까?"

—자네도 어지간히 대단한 친구야. 상황이 이 지경이 됐는데 한 번 더 믿어달라니. 사기를 쳤으면 나라를 거덜 냈을 그릇이네.

"비즈니스와 사기는 한 끗 차이죠. 다 같이 잘살면 비즈니스, 자기 혼자 잘살면 사기."

—홀홀홀홀, 그거 참 기가 막히게 맞는 소리로구만.

전금녀의 독특한 웃음소리가 길게 울렸다.

통화를 하고 있지만, 마치 그녀가 바로 앞에 앉아 있는 것 같았다.

최치우는 다시 힘을 주어 말했다.

"아직 손절하기엔 이릅니다. 바닥에 떨어진 주가, 제가 올리겠습니다."

—자네가 보통 사람이 아닌 건 알지만, 무슨 수로 망해가는 회사를 일으킨단 말이야? 미국 정부에서도 구제금융을 망설이는 상황에……. 아니 그런가? 이대로 가면 남은 2천억도 다 날릴지 모르네.

"사흘만 더 기다려 주십시오. 그 안에 결과를 보여 드리겠습니다."

—사흘? 고작 3일 동안 무슨 일을 하겠냐마는……. 어차피 바닥을 친 주식, 자네를 믿고 조금 더 인내해 보지.

"그럼 다시 연락을 드리겠습니다."

최치우는 당당했다.

전금녀에게 미안함을 느꼈지만, 그렇다고 비굴해지지 않았다.

당장은 T 모터스의 화재로 손해를 봤지만, 끝까지 자신을 믿으면 보답할 자신이 있었다.

사흘은 무척 짧은 시간이지만, 충분히 반전을 만들어낼 수 있는 시간이기도 하다.

전금녀와 통화를 마친 최치우는 비행기 탑승 게이트로 걸어갔다.

그의 목적지는 미국이다.

이윽고 최치우를 태운 비행기가 하늘 높이 비상했다.

최치우는 홀라당 불에 타버린 T 모터스의 생산 공장으로 날아가고 있었다.

전기차를 향한 인류의 도전이 막힌 바로 그곳에서 해답을 찾으려는 것이다.

짓밟힌 폐허 속에서 꽃을 피워낼 수 있을지, 최치우의 행보에 실린 무게는 결코 가볍지 않았다.

*　　　*　　　*

최치우는 샌프란시스코 공항에 내려 곧장 실리콘밸리로 향했다.

T 모터스 본사를 포함해 세계의 혁신을 주도하는 기업들은 대부분 실리콘밸리에 터를 잡고 있다.

금융의 중심은 뉴욕, 정치의 중심은 워싱턴, 무력의 중심은 펜타곤, 그리고 기술의 중심은 실리콘밸리다.

중국이 많이 컸다고 호들갑을 떨지만, 미국 중심의 세계 질서는 여전히 공고하다.

그나마 중국의 알리바바, 텐센트가 대항마 역할을 하기 시작했고, 한국에서는 올림푸스가 등장해 전 세계 대체에너지 혁신의 중심으로 떠오르고 있었다.

"그래도 아직은 멀었지."

최치우는 T 모터스 본사 건물에 내려서 혼잣말을 읊조렸다.

인정할 건 인정해야 따라잡을 수 있다.

애플, 페이스북, 구글 등 실리콘밸리의 엄청난 저력을 극복하려면 갈 길이 멀다.

다만 희망적인 사실은 올림푸스가 초단기간에 실리콘밸리의 기업들을 위협하는 라이벌로 급부상했다는 점이다.

최치우는 거기서 만족하지 않고 한발 더 나아가려 했다.

다른 일정을 취소하고, 급히 T 모터스 본사로 날아온 것도 실리콘밸리 접수 작전의 일환이다.

"만나서 영광입니다. 이렇게 와주셔서 진심으로 감사드립니다, 최 대표님."

최치우는 차에서 내리자마자 극진한 인사를 받았다.

T 모터스의 CEO인 브라이언 머스크와 세 명의 임원들이 최

치우를 기다리고 있었다.

"반갑습니다. 최치우입니다."

최치우는 브라이언과 악수를 나눴다.

지금 T 모터스는 언제 파산해도 이상하지 않았다.

출고를 앞둔 전기차 4,500대가 불탔으니 고객들에게 받은 예약금을 돌려줘야 한다.

동시에 공장의 생산 설비도 보수해야 다시 전기차를 만들 수 있다.

돈이 들 곳은 많은데 주가는 바닥을 치고, 자금은 말라붙었다.

이미 적자 상태에서 회사를 이끌어온 브라이언 머스크가 도망가지 않은 게 용한 일이었다.

미국 정부까지 T 모터스의 요청을 외면하고 있었다.

그런데 갑자기 최치우가 방문하겠다는 의사를 전해왔다.

한국의 CEO지만, 소울 스톤을 공개하며 일약 세계적인 혁신가로 떠오른 영웅이 망하기 직전의 회사를 찾아오는 이유가 무엇일까.

어쨌든 지푸라기라도 잡아야 하는 T 모터스 입장에선 쌍수를 들고 환영할 수밖에 없었다.

"상황은 좀 어떻습니까?"

최치우는 브라이언과 함께 본사 안으로 들어가며 질문을 던졌다.

평범한 질문이지만, 임원들의 안색이 딱딱하게 굳었다.

현재 상황을 떠올릴수록 괴로워지기 때문이다.

그러나 브라이언은 CEO답게 감정을 숨기고 차분히 대답했다.

"정부가 구제금융을 심사하고 있지만 아직은 답이 없습니다. 당장은 공장의 생산 직원과 연구 인력을 휴직 상태로 돌려놓았습니다."

"한 달, 길어야 두 달이 지나면 휴직에 들어간 직원들이 다른 회사로 떠나겠군요."

최치우는 말을 돌리지 않고 정곡을 찔렀다.

뼈아픈 지적이지만, 상처를 숨기면 더 깊게 곪을 뿐이다.

방금 처음 만났어도 서로의 안부를 물으며 한가롭게 대화를 나눌 때가 아니었다.

브라이언은 씁쓸한 표정으로 고개를 끄덕였다.

"공장을 보수하고, 예약금을 반환하는 데 우선 5억 달러가 필요합니다."

5억 달러, 우리 돈 5천억 원을 망해가는 기업에 투자할 사람은 아무도 없다.

하지만 최치우는 아무렇지 않게 말했다.

"5억 달러면 급한 불을 끌 수 있습니까?"

"우선 한숨 돌리고 직원들을 복귀시킬 수 있습니다. 그렇게 되면 정부도 구제금융을 승인할 가능성이 높아집니다."

사실 최치우도 어느 정도는 조사를 마치고 왔다.

브라이언 머스크, 30대 후반의 젊은 나이에 세계 최고의 전기차 회사를 이끄는 괴짜 기술자.

경영 능력은 극과 극의 평가를 받지만, 브라이언이 가진 전기차 기술에 대한 열정과 실력은 진짜다.

최치우는 절박한 상황에 내몰린 브라이언을 직접 보고 싶었다.

다행히 그는 벼랑 끝에서도 현실 도피를 하지 않고 꿋꿋이 버티고 있었다.

"바로 공장으로 가시죠."

"네?"

최치우의 말에 브라이언이 눈을 크게 떴다.

석연치 않은 화재로 소실된 공장에 가봤자 가슴 아픈 광경만 볼 수 있을 뿐이다.

그때 최치우가 단 한 문장으로 브라이언의 마음을 흔들었다.

"5억 달러, 내가 투자하겠습니다."

"정말이십니까?"

"이게 전부가 아닙니다."

"그, 그럼……?"

최치우는 자리에 멈춰 서 브라이언과 임원들의 얼굴을 돌아봤다.

올림푸스는 자선사업을 하는 회사가 아니다.

최치우 역시 마찬가지다.

위기를 기회로 만들어 더 큰 성공을 이룩한다.

그게 최치우와 올림푸스의 일관된 목표다.

곧이어 최치우의 입에서 믿기 힘든 발언이 나왔다.

"올림푸스가 T 모터스를 인수하고 싶습니다. 아니, 반드시 인수할 겁니다."

* * *

최치우는 브라이언 머스크와 함께 화재가 발생한 공장으로 이동했다.

다른 임원들은 대동하지 않았다.

오직 둘이서만 나눠야 할 이야기가 많기 때문이다.

브라이언도 처음에는 당황스럽고 불쾌한 기색을 보였지만, 최치우가 장난을 치는 게 아니란 걸 알았다.

T 모터스는 망할 위기에 처했지만, 아무나 넘볼 수 있는 회사가 아니다.

화재 사고로 주가가 폭락하기 전 시가총액은 우리 돈 30조 원에 육박했다.

만약 정상적으로 전기차 4,500대가 출고 됐다면 올해 안에 시총이 100조까지 뛰었을지 모른다.

지금은 주가가 3분의 1로 쪼그라들었지만, 그래도 여전히 시총 10조면 우습게 볼 수 없다.

올림푸스의 시총은 이제 20조를 향해 근접하고 있다.

최치우의 명성은 시총 100조가 넘는 기업의 CEO 이상이지만, 유명세가 바로 돈이 되는 것은 아니다.

절대 가볍게 T 모터스 인수를 언급할 수는 없다는 뜻이다.

부우우웅—

공장으로 가는 자동차 안에서 깊은 침묵이 공기를 누르고 있었다.

엔진 소리만 고요함을 깨뜨리고 있었다.

운전대를 잡은 브라이언도, 조수석에 앉은 최치우도 선불리 말을 꺼내지 않았다.

T 모터스 생산 공장은 실리콘밸리에서 차로 60마일 정도 떨어진 외곽에 있다.

이제 10분 정도만 더 달리면 공장이 보일 것 같았다.

"5억 달러의 자금을 투자하겠다는 것도 인수를 염두에 두고 던진 카드였습니까?"

그때 브라이언이 입을 열었다.

제법 긴 침묵을 깨고 대화의 물꼬를 튼 것이다.

최치우는 그가 원하는 답을 바로 내주지 않았다.

대신 또 다른 질문으로 다시 한번 브라이언의 평정심을 깨뜨렸다.

"생산 공장의 화재, 단순한 사고라고 생각하나요?"

"……!"

핸들을 잡은 브라이언의 두 손에 실핏줄이 일어났다.

저도 모르게 힘을 꽉 준 것이다.

"사고가 아닌들… 무슨 의미가 있겠습니까. 언론과 당국이 사고로 결정을 내렸고, 다른 이야기를 해봤자 가십이 될 뿐이겠지요."

브라이언은 들끓는 감정을 자제하며 한 글자, 한 글자 씹어 내듯 말했다.

그의 말이 맞았다.

이제 와서 다른 의혹을 제기해 봤자 T 모터스의 이미지만 더 나빠진다.

네오메이슨이 증거를 남겨두지도 않았을 것이다.

그러나 지우기 힘든 심증은 있다.

최치우는 심증을 뒷받침할 최소한의 자료도 확보했다.

그래봤자 이미 불에 탄 공장을 살리지는 못한다.

하지만 브라이언과 의기투합하는 계기는 만들 수 있을 것이다.

"결론부터 말하자면, 고의적인 방화 사건입니다. 기계 오작동으로 인한 화재가 아니라."

충격적인 말이지만, 브라이언은 즉각 반응하지 않았다.

그는 핸들을 잡고 숨을 고른 뒤 천천히 물었다.

"대체 이러는 이유가 무엇입니까? 최 대표님이 방문하겠다고 했을 때, 긴급한 자금을 투자해 줄 거라 기대했습니다. 그런데 인수도 그렇고, 화재 언급까지……. 무슨 속셈으로 나를 찾아온 건지 물어야겠습니다."

최치우가 만족스러운 답을 하지 못하면 브라이언은 당장 차를 세울 것 같았다.

그는 위기에 몰렸어도 자존심까지 버리진 않았다.

의문스러운 상대에게 불에 탄 공장을 견학시켜 줄 생각은 없어 보였다.

최치우는 고개를 돌려 브라이언의 옆모습을 쳐다봤다.

절벽 끄트머리에서 도망치지 않고 버티고 있는 힘겨움이 느껴졌다.

올림푸스의 도약을 위해서, 네오메이슨과의 전쟁을 위해서, 그리고 이 세상을 위해서 브라이언은 반드시 필요한 사람 같았다.

무엇보다 그가 가진 전기차 노하우와 열정은 천금을 주고도 살 수 없다.

최치우는 진심을 담아 이야기했다.

"전기차 시대를 앞당겨 온 T 모터스가 이대로 몰락하는 것을 바라지 않습니다. 그렇기에 올림푸스와 함께 다시 시작해 보자는 말을 하려고 미국까지 날아온 겁니다."

브라이언은 묵묵히 차를 몰았다.

급브레이크를 밟지 않는 걸 보니 일단 최치우의 말을 끝까지 들어보려는 것 같았다.

"에릭 한센. 들어봤죠? 월스트릿의 천재. 그의 계열사가 T 모터스 주식을 대량으로 보유하고 있었습니다. 그런데 화재가 나기 직전 일주일 동안 보유 지분 50%를 매각했더군요."

브라이언의 눈썹이 일그러졌다.

처음 듣는 사실에 충격을 받은 것이다.

최치우의 말은 아직 끝나지 않았다.

그는 더 충격적인 진실을 알려줬다.

"물론 남아 있는 50%의 보유 지분은 폭락하며 손해를 봤겠죠. 하지만 에릭 한센은 화재 직전 주가가 고점에 있을 때 절반을 처분하며 손실액을 보전했습니다. 마치 화재가 일어날 것을 알고 있었다는 듯 정확한 타이밍에 빠져나간 에릭의 돈은… 중동의 오일뱅크로 들어갔습니다."

끼이이익—

브라이언이 급하게 브레이크를 밟았다.

갓길에 차를 세운 그는 최치우의 얼굴을 똑바로 쳐다봤다.

"추측입니까, 근거가 있는 말입니까?"

"화재가 아닌 방화라는 것은 추측입니다. 그러나 에릭 한센이 기막힌 타이밍에 T 모터스 주식을 빼서 오일뱅크로 돌렸다는 건 사실입니다. 그의 계열사 자금 흐름을 확보했습니다."

빠앙—! 빠아앙—!

브라이언이 화를 참지 못하고 핸들을 내리쳤다.

자동차 경적이 요란하게 울렸다.

쌓이고 쌓인 분노를 풀어낸 브라이언이 씩씩거리며 말했다.

"아무리 봐도 기계 오작동으로 그만한 화재가 날 수는 없었습니다. 그렇지만, 그렇지만… 누군가 불을 질렀다는 생각은 일부러 피하려 했는데!"

"에릭 한센과 함께 움직이는 세력은 전기차 시대를 두고 보지 않을 겁니다. 석유 패권을 지키는 게 목표이기 때문이죠."

"그럼 나는… 우리는 어떻게 해야 됩니까?"

브라이언은 울음이 터질 것 같은 목소리로 최치우에게 조언을 구했다.

최치우는 어설픈 위로를 하지 않았다.

위기일수록 냉정하게 현실을 진단해야 한다.

"이대로 가면 T 모터스의 주식은 계속 떨어질 겁니다. 지금 시총이 100억 달러까지 떨어졌죠. 이게 끝이 아니라는 것, 잘 알고 있을 겁니다. 당장 5억 달러의 긴급 자금도 못 구하는 형편 아닙니까?"

"……."

"내가 5억 달러를 투자해도 미국 정부가 구호 자금을 집행한다는 보장이 없습니다. 공장에 불까지 지른 놈들인데, 미친 듯 로비를 할 게 뻔합니다."

"절대로 T 모터스를 포기할 수는 없습니다."

"선택지는 하나밖에 없습니다. 나와 함께, 올림푸스와 함께 싸웁시다."

긴 말은 필요 없었다.

함께 싸우자.

그것이 T 모터스를 인수하겠다고 나선 최치우의 진심이었다.

브라이언은 운명을 걸고 일생일대의 선택을 내려야 했다.

실리콘밸리 외곽의 고속도로 갓길, 멈춰 선 자동차 안에서 세상을 바꾸려는 두 사람이 서로를 마주 보고 있었다.

인류가 누려야 할 미래를 빼앗기지 않기 위해, 한국과 미국의 젊은 영웅이 손을 잡을 것 같았다.

*　　　*　　　*

휘이이이이—!

황량한 바람이 불어오고 있었다.

기업의 대규모 생산 공장은 도심 외곽에 건설된다.

T 모터스의 공장 역시 실리콘밸리 중심과는 꽤 떨어진 곳에 덩그러니 세워져 있었다.

브라이언과 함께 공장에 도착한 최치우는 천천히 구석구석을 살폈다.

공장 밖에서 보면 그렇게 심한 화재의 흔적은 느껴지지 않았다.

그러나 공장 내부는 엉망이었다.

화재는 물류 창고를 중심으로 발생했다.

고객의 품에 안겼어야 할 4,500대의 전기차가 뼈대만 남은 채 앙상하게 타버린 모습은 공포영화 속 장면 같았다.

T 모터스는 화재의 잔해조차 치우지 못했다.

폐기물을 버리고, 공장을 청소하는 데 수십억 원의 비용이 든다.

워낙 갑자기 터진 사고라 브라이언과 임원들은 대책을 마련하기 바빴다.

그래서 아직 청소용역업체와 계약을 체결하지도 못한 것이다.

"당장 정리부터 합시다. 미국 정부에서 구제금융을 진행하기 위해 언제 현장 심사를 나올지 모릅니다. 그때도 지금 같은 모습이면 빌미를 주게 됩니다."

"미처 거기까진 생각하지 못했습니다."

최치우의 지적을 받은 브라이언은 연신 고개를 끄덕였다.

틀린 말이 아니었기 때문이다.

사소한 것 같지만, 천릿길도 한 걸음부터다.

지금 T 모터스에는 외부인의 시선이 필요하다.

패닉에 빠진 내부 당사자들은 인식하지 못하는 문제를 냉정하게 지적해 줄 조언자, 최치우는 그 역할을 수행하기 안성맞춤이었다.

"청소 이후에는 직원들을 복귀시키는 게 우선입니다."

"하지만 생산 설비를 보수하기 전에는 직원들이 돌아와도 할 일이 없습니다."

브라이언은 최치우의 두 번째 지적을 선뜻 받아들이지 못했다.

망가진 공장을 고치는 게 먼저라고 생각하는 것 같았다.

"인건비를 날리더라도 직원들의 복귀를 서둘러야 합니다. 공장은 돈과 시간만 있으면 고칠 수 있습니다. 그러나 우수한 인력은 한번 빼기면 찾아오기 힘듭니다."

"그건 그렇지만……."

"자금이 문제라면 올림푸스에서 5억 달러보다 더 많은 금액을 지원하겠습니다."

최치우는 말만 내세우지 않았다.

자신의 신념을 관철시키기 위해서는 모험을 하는 수밖에 없다.

그는 이미 T 모터스 인수 의사를 밝혔다.

5억 달러가 아닌 수십억 달러의 투자를 감행하기로 결정을 내린 셈이다.

"휴직에 들어간 직원들은 불안해하고 있을 겁니다. 이미 다른 직장을 알아보고 있겠죠. 그들에게, 그리고 T 모터스를 지켜보는 세상에 확신을 줘야 합니다. 불의의 사고가 일어났지만 미래는 더욱 밝을 것이라고."

최치우의 말에는 기묘한 힘이 있었다.

사고 이후 계속해서 축 늘어져 있던 브라이언은 심장이 뜨겁게 뛰는 기분이었다.

"올림푸스의 인수는 강력한 반전의 메시지가 되겠죠."

최치우는 다시금 인수를 언급했다.

불과 2시간 전에 했던 말이지만, 브라이언의 자세는 사뭇 달라져 있었다.

브라이언도 최치우의 제안을 진지하게 생각하기 시작했다.

"어떤 방식으로 인수를 생각하는 것인지 듣고 싶습니다."

"현재로선 T 모터스 주식이 계속 떨어질 전망입니다. 그렇기에 손해를 보고라도 하루 빨리 지분을 매도하려는 대주주들이 있죠. 올림푸스의 CFO 임동혁 이사가 그들과 협상을 하고 있습니다. 내일 증시가 열리면 올림푸스는 순식간에 T 모터스의 대주주로 등극할 예정입니다."

최치우는 허술한 사람이 아니다.

치밀한 준비를 마치고, 상대가 빠져나갈 수 없는 판을 만든 다음 게임을 한다.

브라이언은 등골이 서늘해지는 것을 느꼈다.

만약 최치우를 적으로 돌린다면 상상하기 힘들 만큼 괴로워질 것 같았다.

"추가로 브라이언, 당신이 소유한 지분의 절반을 나에게 매각해 주길 바랍니다. 그럼 나와 올림푸스가 1 대 주주, 당신이 2 대 주주가 되는 겁니다."

사실 브라이언 입장에서는 뼈아픈 조건이다.

주식이 바닥을 친 상태에서 지분을 넘기는 것이기 때문이다.

화재가 나기 전이었다면 훨씬 더 비싼 가치를 인정받을 수 있었다.

어떻게 보면 최치우는 T 모터스의 위기를 발판삼아 세계 최고의 전기차 회사를 집어삼키는 셈이다.

아무도 엄두를 못 내는 모험이지만, 위기를 이겨내면 역사에 남을 투자로 길이길이 칭송받을지 모른다.

하지만 비즈니스에 만약이라는 가정은 무의미하다.

최치우가 승부수를 던진 것처럼 브라이언도 운명의 주사위를 던질 차례였다.

회사가 망하느냐, 다시 기회를 얻느냐의 기로에서 선택을 내려야 하는 것이다.

"경영권은……."

"전기차에 대해서는 당신이 세계 최고의 전문가라고 들었습니다. CEO 직위는 물론이고, 기술 개발과 생산에 대한 전권을 계속 가져가면 됩니다. 대신!"

최치우는 단서를 달았다.

브라이언이 받아들이지 않는다면 T 모터스 인수와 관련된 모든 작업을 중단할 것이다.

그는 미래를 여는 혁신적 기업가지만, 손해 보는 자선사업가는 아니기 때문이다.

"대신, 기술 이외의 파트는 나를 믿고 맡겨줘야 합니다. 홍보, 가격 책정, 유통까지."

브라이언은 최치우의 요구를 어느 정도 예상한 눈치였다.

그러나 뒤이어진 말을 듣고는 깜짝 놀란 표정을 지었다.

"T 모터스라는 브랜드 이름도 바꿀 겁니다."

"그건 절대 용납할 수 없습니다!"

"이름이 중요합니까? 아니면 세계 최고의 전기차를 만드는 게 중요합니까?"

"하지만 어떻게 쌓은 브랜드 가치인데……."

"사람들은 T 모터스를 들으면 공장에 불이 난 것부터 떠올리겠죠. 새로운 이름, 새로운 이미지로 세계 최고의 전기차 브랜드를 만듭시다. 그리고 석유 패권을 유지하려는 놈들에게 한 방 먹여줍시다."

최치우가 손을 내밀었다.

그냥 악수나 하자는 게 아니다.

브라이언은 입술을 질끈 깨물었다.

올림푸스라는 동아줄을 잡지 않고서는 절벽에서 벗어날 방법이 없다.

비록 처음 만난 사이지만 최치우는 브라이언의 영혼을 휘어잡는 강렬한 인상을 남겼다.

처억.

잠시 망설이던 브라이언이 최치우의 손을 맞잡았다.

계약서에 도장을 찍은 것이나 마찬가지다.

벼랑 끝에서 부활의 신호탄을 쏘아 올린 T 모터스, 아니 퓨처 모터스의 역사가 시작됐다.

10장 퓨처 모터스

전격 발표가 세상을 뒤집었다.

한국의 기업 올림푸스가 실리콘밸리 T 모터스를 인수한다.

이미 CEO이자 최대 주주인 최치우와 브라이언 머스크가 양해 각서를 체결했고, 공식적인 인수 절차에 들어갔다.

뿐만 아니다.

세계 최고의 전기차 기업으로 각광받았지만 공장 화재로 위기에 몰렸던 T 모터스는 퓨처 모터스로 이름을 바꾼다.

누구도 예상하지 못한, 세계의 어느 전문가도 언급한 적 없는 사상 초유의 빅딜이었다.

사람들은 열광했고, 언론은 앞다퉈 기사를 쏟아내며 늦게나마 다양한 분석을 시작했다.

T 모터스, 아니 브라이언이 이끄는 퓨처 모터스의 기술력은 확실하다.

그럼에도 불구하고 다른 회사들이 선불리 인수를 생각하지 못한 여러 이유가 있었다.

우선 전기차라는 미지의 영역에 대한 불안감이다.

4,500대의 완성된 전기차가 도로를 돌아다닌 이후였다면 이야기가 달라졌을 것이다.

그러나 네오메이슨은 출고 직전에 불을 냈고, 결국 전기차는 소문만 무성한 신기루가 됐다.

규모가 큰 기업들은 굉장히 보수적으로 움직인다.

주식이 매일 하한가를 치고, 직원들은 대부분 휴직 상태에 들어가 언제 망할지 모르는 전기차 회사를 인수하는 건 모험 중의 모험이다.

CEO든 누구든 자기 목숨을 걸고 인수를 시도해야 한다.

그만한 배짱과 담력을 가지고 배팅할 수 있는 사람은 전 세계적으로 드물다.

더구나 브라이언 머스크에 대한 평판도 썩 좋지 않았다.

그는 실리콘밸리의 괴짜로 불린다.

실력과 열정은 인정하지만, 남의 말을 안 듣는 고집불통으로 알려져 있었다.

브라이언이라는 괴짜를 컨트롤하는 것도 쉽지 않은 문제다.

결정적으로 미국 정부가 구제금융을 승인하지 않을 거라는 소문이 파다하게 퍼졌다.

악재와 악재가 겹친 상황, 그렇기에 올림푸스보다 훨씬 규모가 큰 기업과 금융자본도 T 모터스 인수를 생각하지 못했던 것이다.

반면 최치우는 전기차를 신기루가 아닌 사막의 오아시스라고 확신했다.

역설적으로 네오메이슨이 최치우의 확신을 증명시켜 줬다.

만약 전기차 기술이 위협적이지 않다면, 그들이 무리수를 두며 불을 질렀을 리 없다.

세계를 지배하는 석유 패권이 위기감을 느낄 정도로 T 모터스의 전기차 기술은 대단한 것이다.

두 번째 문제인 오너 리스크도 최치우 앞에서는 별게 아니었다.

그는 브라이언과 직접 만나 서로가 어떤 사람인지 파악했고, 충분히 컨트롤이 가능하다는 걸 느꼈다.

최치우가 마음먹고 뿜어내는 카리스마는 보통 사람이 감당할 수 없다.

게다가 합법적 인수를 통해 1 대 주주이자 오너로 올라섰다.

기술 개발에 대한 책임을 브라이언에게 남겨줬을 뿐, 회사의 주인이 바뀐 것이다.

최치우는 브라이언을 통제하며 장점만 이끌어낼 수 있는 상황을 만들었다.

마지막 악재인 미국 정부의 구제금융은 이제부터 돌파해야 할 장벽이다.

네오메이슨은 돈다발을 싸 들고 무차별적 로비를 시작할 게 뻔하다.

똑같은 방법으로는 로비 전쟁에서 이길 수 없다.

미국 정부의 요인과 자금줄을 네오메이슨이 단단히 잡고 있을 게 확실하다.

최치우와 퓨처 모터스는 여론을 등에 업고 싸워야 한다.

사상 초유의 전격 발표에 미국 국민들과 언론이 뜨거운 환호를 보내고 있었다.

계속해서 희망적인 분위기를 조성하면 된다.

미국 정부가 구제금융을 거절할 경우, 국민들이 가만있지 않는다면 정치인들에겐 부담이 될 수밖에 없다.

언론이 들고 일어나는 것도 무시하기 힘들다.

로비 VS 여론.

정치인 VS 국민.

최치우는 브라이언과 손잡고 2차전을 시작했다.

첫 번째 전투에서는 네오메이슨이 이겼다.

하지만 그로 인해 최치우가 네오메이슨의 실체를 정확히 알게 됐다.

어쩌면 전기차 4,500대를 불태운 것보다 최치우와 브라이언을 한 팀으로 만든 게 더 뼈아플지 모른다.

최치우의 전장은 미국과 실리콘밸리로 확장됐다.

세계의 중심이 그를 부르고 있었다.

*　　　*　　　*

—홀홀홀, 하여튼 걸물이야. 어떻게 사흘 안에 이런 일을……. 내게 귀띔이라도 해주지 그랬나.

전화기 너머로 전금녀의 웃음소리가 들렸다.

최치우는 리무진 뒷좌석에 앉아 그녀와 국제전화를 하는 중이었다.

차 안이지만 외부의 소음이 완벽하게 차단되어 통화를 하는데 지장이 없었다.

“미리 설레발을 치는 성격이 아닙니다. 이해해 주십시오, 여사님.”

—아무렴, 이해하고말고. 내 그래서 자네를 알아보고 투자를 결정했던 것 아닌가.

“3일만 기다려 주시면 반전을 보여 드리겠다는 약속은 지켰습니다.”

—내 이제부터 온 세상 증인이 되겠네. 올림푸스 최치우는 약속을 반드시 지킨다고 말일세.

전금녀는 단순히 기분 좋으라고 아무 말이나 하는 게 아니었다.

그녀는 대기업 회장들에게 현금을 빌려주는 큰손이다.

전금녀의 입에서 나오는 평가는 한국 사회에서 무시 못 할 평판이 된다.

보이지 않는 곳에서 최치우의 신용도는 수직 상승 하게 됐다.

—구제금융은 어찌 될 것 같나? 그것만 해결되면 주가도 원점을 회복하지 싶은데 말이야.

전금녀가 넌지시 질문을 던졌다.

T 모터스가 올림푸스 산하 퓨처 모터스로 편입되며 바닥을 치던 주식이 오름세로 돌아섰다.

그러나 3분의 1로 토막이 났던 걸 완전히 회복하기엔 무리였다.

구제금융을 기점으로 몇 개의 산을 더 넘어야 한다.

"최선을 다해볼 생각입니다."

—오호라? 이번엔 예전처럼 확언을 하지 않는구만.

전금녀가 의외라는 듯 목소리를 높였다.

최치우는 불가능한 도전에 뛰어들면서도 100% 자신을 믿어왔다.

1,000억 원이 넘는 손해를 본 전금녀더러 당당하게 3일을 기다리라고 할 정도였다.

그런데 구제금융을 이야기할 때는 달랐다.

무조건 된다는 최치우 특유의 결기가 느껴지지 않았다.

전금녀는 산전수전 다 겪은 사람답게 미묘한 차이를 캐치한 것이다.

"구제금융을 받으면 일이 빨리 풀릴 겁니다. 하지만 미국 정부에 모든 것을 맡기지는 않을 거란 뜻입니다."

—정부의 금융 지원 말고도 다른 해법이 있는 겐가?

"두고 보시면 알게 되겠죠."

—그놈의 배짱은 당해낼 수가 없구만! 홀홀, 어디 한번 잘해 보게. 뒷방 늙은이는 그저 기다리는 수밖에.

"올해가 끝나기 전, 만만찮은 수익을 보실 겁니다."

곧 여름의 무더위가 한국과 미국을 펄펄 끓게 만들 것이다.

올해라고 해봐야 7개월 정도밖에 남지 않았다.

최치우는 7개월 안에 전금녀의 주식 가치가 3천억 원 이상이 될 거라고 장담한 셈이다.

이제 막 회복세로 돌아선 퓨처 모터스 주식이 원래의 시가 총액을 뛰어넘는 순간, 최치우의 자산도 폭증하게 된다.

그는 주식이 바닥으로 떨어졌을 때 지분을 대량 매수했다.

브라이언이 보유한 지분의 절반도 넘겨받으며 1 대 주주로 올라섰다.

퓨터 모터스의 전신인 T 모터스 시총이 10조일 때 인수를 한 것이다.

만약 시총이 30조 수준으로 회복만 되어도 최치우는 수익률은 300%라는 대박을 터뜨리게 된다.

물론 최치우가 그저 주식 대박만을 노리고 인수라는 모험을 한 것은 아니었다.

다시 전기차를 생산하고, 세계의 자동차 패러다임을 바꾸면 퓨처 모터스의 가치는 100조 이상으로 뛰어오를 거란 계산이 있었다.

인류의 미래를 열어주는 동시에 지구에서 열 손가락 안에 드는 부자가 되는 것.

최치우는 두 가지 목표를 동시에 조준하고 있었다.

그는 올림푸스뿐 아니라 퓨처 모터스라는 새로운 날개를 장착했다.

한 쌍의 날개로 태풍을 일으킬 일만 남았다.

지이잉—

그때 리무진 뒷좌석과 운전석을 막아 놓은 가림막이 자동으로 내려갔다.

"도착했습니다."

목적지에 다 왔음 알린 운전기사가 먼저 차에서 내렸다.

재빨리 움직인 그가 최치우 대신 뒷좌석 문을 열어줬다.

굳이 이렇게까지 할 필요는 없지만, 리무진 기사의 당연한 서비스다.

불편하다고 말리는 것도 예의가 아니다.

최치우는 차에서 내린 후 기사에게 목례를 했다.

실리콘밸리에서 세기의 인수 협상을 타결시킨 최치우는 곧장 뉴욕으로 날아왔다.

뉴욕에선 매일 여러 개의 미팅을 소화하기 때문에 전용 리무진과 운전기사가 필수였다.

"이제는 서울보다 뉴욕이 더 편하다고 하면 허세겠지?"

최치우는 자신의 혼잣말에 피식 웃음을 터뜨렸다.

뉴욕의 마천루가 더 이상 낯설지 않게 느껴지는 건 사실이었다.

그는 약속이 잡힌 빌딩 안으로 들어가며 유명인 대우를 톡톡히 받았다.

까다로운 보안 절차를 거쳐야 하지만, 최치우의 얼굴은 뉴욕에서도 통하는 보증수표다.

보안 검색을 담당하는 직원들이 최치우에게 고개를 숙이며 악수를 청했다.

며칠 전 T 모터스를 인수해 퓨처 모터스로 재설립한다는 뉴스가 나간 이후 미국 내 최치우의 인기는 하늘을 찌르고 있었다.

미국 사람들은 T 모터스가 전기차 시대를 이끄는 주역이 될 거라 믿었다.

그동안 자동차 산업의 주도권은 독일로 넘어간 지 오래였다.

하지만 전기차 시대가 열리면 미국이 독일의 명품 자동차 제조업체를 추월하게 될 거라 기대했다.

그렇게 뜨거운 기대감이 무르익는 와중에 화재 사건이 터져버린 것이다.

미국인들의 실망은 이루 표현할 수 없는 지경이었다.

바로 그래서 최치우의 등장은 더욱 드라마틱했다.

평소 같았으면 실리콘밸리 기업이 한국 기업에 인수되는 것은 반가운 뉴스가 아니다.

그러나 위기 상황에서 쓰러져 가는 미국 전기차 회사를 되살린 주인공이 최치우였다.

미국인들의 자존심과 기대를 절벽 끄트머리에서 구해낸 셈이다.

오죽하면 깐깐한 보안 검색도 그냥 통과할 정도다.

최치우는 국내용 스타가 아닌 진짜 월드 스타로 떠오르고 있었다.

똑똑!

엘리베이터를 타고 고층 빌딩 꼭대기까지 올라간 최치우가 별실 문을 두드렸다.

초현대식 빌딩이지만, 아무나 못 올라오는 꼭대기 층에는 아날로그 감성이 남아 있었다.

끼이익—

곧이어 나무 소리를 내며 커다란 문이 열렸다.

방 안에는 원탁이 놓여 있었고, 창문으로 맨해튼 빌딩 숲이 내려다보였다.

"오랜만입니다, 장관님."

최치우는 반백발의 노신사에게 인사를 건넸다.

나이답지 않게 우람한 풍채를 자랑하는 미군의 전설, 국방부 장관 루이스 고어가 최치우를 맞이했다.

"못 본 사이 너무 거물이 되었군. 나를 뉴욕까지 오게 만들고. 이 동네는 공기가 좋지 않아."

루이스 고어는 짐짓 투덜거렸지만, 입가엔 미소를 머금고 있었다.

방 안에 다른 사람은 없었다.

미국 국방부 장관과의 독대다.

두 사람은 어디에도 새어 나가면 안 되는 대화를 나눌 예정이다.

그렇기에 루이스 고어는 자신의 최측근 수행원도 배제시켰다.

"펜타곤에서 미쓰릴을 테스트할 때 뵙고 시간이 많이 흘렀습니다."

"시간은 고작 2년이나 3년밖에 흐르지 않았지. 그사이 자네의 위치가 엄청나게 달라졌을 뿐이고. 나는 부끄럽게도 계속 같은 자리나 지키고 있군."

루이스 고어가 농담을 했다.

최치우의 입지가 놀랍도록 달라진 것은 사실이다.

그렇지만 수년째 미국 국방부 장관직을 유지하는 것도 대단한 성과다.

압도적 국방비를 지출하는 세계 최강의 무력 집단을 지휘하는 것이다.

조직 장악력부터 정치력 등 요구되는 게 한두 가지가 아니었다.

그럼에도 루이스 고어는 역대 최고의 국방부 장관 중 한 명으로 손꼽히고 있었다.

"오랜만이지만, 바로 본론을 꺼내는 게 어떤가."

"좋죠."

"자네가 제의한 중동 침투 작전, 정말 현실성이 있다고 보나?"

루이스 고어의 입에서 심상치 않은 말이 나왔다.

최치우는 눈을 날카롭게 빛내며 고개를 끄덕였다.

세상의 이면에서 또 다른 역사가 꿈틀거리고 있었다.

* * *

공격이 최선의 방어다.

최치우는 무한의 환생자가 되어 여러 차원을 경험했지만, 어디에서도 통하는 법칙을 몇 가지 찾아냈다.

그중 하나가 바로 공격이 최선의 방어라는 것이다.

수세에 몰렸을 때, 마냥 움츠리며 방어에 신경쓰면 역전의 기회는 찾아오지 않는다.

오히려 이판사판 대담하게 공격적으로 나서면 상대가 움츠러들고, 불리하던 판이 바뀌기도 한다.

임동혁과 백승수, 남아공의 이시환은 퓨처 모터스 인수 현황을 실시간으로 공유하고 있었다.

그들은 최치우가 뉴욕에서 다양한 인맥, 특히 펜타곤의 도움을 받아 로비에 힘을 쓸 거라 생각했다.

미국 정부의 구제금융을 받아내는 게 퓨처 모터스를 살리는 다음 단계이기 때문이다.

하지만 최치우는 미국 국방부 장관이라는 초거물에게 위험한 제안을 했다.

구제금융에 힘을 써달라는 건 방어적인 행동이다.

네오메이슨이 짜놓은 판에서 움직일 수는 없다.

단순히 로비를 위한 미팅이었다면 루이스 고어 장관이 뉴욕까지 날아오지도 않았을 것이다.

물론 최치우가 구제금융 로비에서 손을 뗀 것은 아니었다.

그는 전금녀에게 말한 것처럼 최선을 다해 인맥을 활용하고 있었다.

그러나 방어에만 힘쓰는 것과 아무도 예상치 못한 공격을 준비하는 것은 완전히 다른 이야기다.

최치우는 미국 국방부 장관으로부터 중동 침투 작전 승인을 받아냈다.

작전의 개요는 간단하다.

이슬람 극단주의 테러 집단인 IS가 장악하고 있는 시리아 동부 유전 지대를 탈환하는 것이다.

당연히 대규모 전쟁을 벌일 수는 없다.

침투 작전의 목표는 시리아 동부에 머물고 있는 IS 서열 6위를 제거하는 것이다.

그를 죽이면 기반이 약해진 시리아 동부의 IS 전체가 와르르 무너질 가능성이 높다.

또한 IS 때문에 막혀 있던 시리아 유전이 풀리면 국제 유가가 낮아지게 된다.

석유 패권의 핵심은 국제 유가를 조종하는 것이다.

경우에 따라 다르지만, 기본적으로 유가가 높아져야 막대한 이익을 챙길 수 있다.

그런데 중동의 화약고를 해제하며 새로운 유전 지역을 늘리면 어떻게 될까.

석유 산업을 장악해 이득을 누리는 네오메이슨에게 만만치 않은 타격을 입히는 셈이다.

이게 최치우가 할 수 있는 최선의 공격이었다.

미군에서는 이미 IS 서열 6위의 은신처 정보를 입수했으나 쉽사리 작전을 개시하지 못했다.

만에 하나 미군이 나설 조짐을 보이면 러시아가 움직일 확률이 높다.

러시아는 중동 장악력 확장에 사활을 걸고 있다.

그렇기에 미국의 영향력이 강해지는 걸 그냥 두고 볼 리 없었다.

미쓰릴 개발을 놓고 펜타곤과 정기적으로 교류하는 최치우는 기상천외한 해법을 제시했다.

올림푸스의 사설 무장 단체인 헤라클래스를 시리아 동부에 투입하는 것이다.

만약 작전이 잘못되어도 펜타곤은 책임에서 자유로울 수 있다.

게다가 시험 단계인 미쓰릴 필드를 실전에서 테스트할 절호의 찬스다.

최치우 역시 작전을 통해 얻어낼 게 많았다.

먼저 헤라클래스의 실전 경험을 높이고, 미쓰릴 필드를 세계 최초로 시험해 볼 수 있다.

작전이 성공하면 석유 패권에 집착하는 네오메이슨의 힘을 약화시키고, 펜타곤의 선물 보따리를 받기로 했다.

'헤라클래스가 쓸 수 있는 최신형 무기, 미군 특수부대에서 퇴역하고 용병이 되길 원하는 지원자 150명, 그리고 루이스 고어 장관의 정치력까지. 이만하면 무조건 남는 장사다.'

최치우는 한국으로 돌아오는 전용기 안에서 눈을 번뜩이고 있었다.

이제 불편하게 일반 항공기를 탈 필요가 없다.

3천억 원을 들여 주문한 올림푸스 전용기 A350이 있기 때문이다.

터억—

퍼스트 클래스도 호화롭고 편하지만, 전용기는 일반 여객기와 비교도 할 수 없었다.

최치우는 가죽 소파에 옆으로 길게 누워 하늘을 날아가고 있었다.

중동 침투 작전을 성공시키면 여러 문제가 동시에 해결된다.

특히 헤라클래스는 아프리카에서 넘보기 힘든 사설 무장 단체로 진화할 것이다.

펜타곤에서 제공할 최신식 무기와 150명의 정예 용병을 확보하면 남아공 정부군도 위협할 수 있는 무력이다.

아프리카 정부군은 숫자만 많지 훈련 상태와 장비는 한참 뒤떨어진다.

최치우는 헤라클래스를 통해 아프리카 남부의 장악력을 공고히 다질 수 있을 것 같았다.

'물론 중동 침투 작전을 성공시킨 다음에야 가능한 이야기지만.'

그는 쉽게 들뜨지 않았다.

루이스 고어에게 IS 서열 6위의 목을 가져다주는 게 우선이다.

악명 높은 IS 지도자의 목에 많은 게 걸려 있다.

퓨처 모터스의 구제금융 문제도 마찬가지다.

루이스 고어가 정치력을 발휘하면 미국 정부의 금융 당국자들도 눈치를 볼 수밖에 없다.

네오메이슨의 로비가 강력해도 펜타곤이 나서면 균형이 팽팽하게 맞춰질 것이다.

그사이 브라이언은 올림푸스의 긴급 자금으로 퓨터 모터스를 정상화시키면 된다.

"미래로 나아가는 걸 억지로 막을 수는 없어."

최치우의 입에서 흘려듣기 힘든 혼잣말이 나왔다.

네오메이슨은 강력하다.

그 실체를 조금씩 알게 됐지만, 얼마나 깊고 끈끈한 세력이 뭉쳐 있을지 가늠하기 힘들 정도다.

하지만 그들은 시대를 역행하고 있다.

자신들의 이익을 위해 미래로 나아가는 발걸음을 붙잡는 것이다.

반면 최치우는 운명을 걸고 미래를 개척하는 사람이다.

위험해도, 계산기를 두드렸을 때 답이 안 나와도 도전을 주저하지 않는다.

세계를 진보시키고, 인류에게 더 많은 가능성을 주는 것이 당연하다고 믿기 때문이다.

그는 미래가 열릴 때 더 많은 기회와 이익이 살아날 거란 확신도 가지고 있었다.

네오메이슨과 올림푸스의 전쟁은 곧 과거 세력과 미래 세력의 전쟁이다.

퓨처 모터스를 시작으로 드넓은 지구 곳곳에서 크고 작은 싸움이 계속될 수밖에 없다.

최치우는 상대의 시선이 퓨처 모터스에 꽂혀 있는 틈을 타 중동의 빈틈을 노렸다.

허를 찌르는 그의 공격이 통할지, 결과는 빠른 시일 안에 드러날 것 같았다.

* * *

"사부, 얼마만의 실전인지 모르겠습니다. 너무 신나요, 어메이징!"

"목소리 낮추고, 차분하게. 실전인 거 잊지 맙시다."

"예썰."

최치우는 리키를 진정시켰다.

헤라클래스의 리더가 됐어도 종잡을 수 없는 리키의 성격은 어디 가지 않았다.

들떠 있는 리키에 비해 다른 대원들은 매서운 눈빛으로 사방을 주시하고 있었다.

최치우와 리키, 그리고 20명의 헤라클래스 대원들은 시리아 동부 유전 지대인 이들리브의 안전 가옥까지 무사히 도착했다.

미군이 마련해준 안전 가옥에 들어오는 게 첫 번째 미션이었다.

사실 안전 가옥을 찾는 것도 쉽지 않았다.

IS의 눈에 띄지 않게 무장을 숨기고 움직여야 했기 때문이다.

남아공에 30명을 남겨두고 시리아로 날아온 20명의 대원들은 비교적 수월하게 이동한 편이었다.

백인과 흑인, 아랍 출신이 섞여 있지만 기본적으로 눈에 띄는 외모의 소유자가 없었다.

더구나 한 명이나 두 명씩 흩어져 은밀히 이동하는 데 이골이 난 선수들이다.

문제는 리키와 최치우였다.

리키의 외모는 튀어도 너무 튀었다.

시리아 동부 지역에 레게 머리를 한 거구의 흑인이 나타날 일은 없다.

세계 어느 나라에 가도 리키는 눈에 띄는 외모다.

최치우는 리키처럼 특이한 스타일을 내세우지는 않았다.

하지만 동양인이라는 특성 때문에 더욱 주의해야 했다.

두 사람은 시리아 동부 인접 지역의 미군 기지에서 출발해

별 고생을 다 하며 이들리브까지 왔다.

낮에는 임시로 땅굴을 파 휴식을 취하고, 어둠이 깔리면 미친 듯이 질주하기를 며칠 동안 반복했다.

미군이 자랑하는 특수부대 요원들도 해내기 힘든 이동 루트였다.

그러나 단 한 명의 낙오자도 없이 모두 안전 가옥에 모였다.

최치우는 자랑스럽고 뿌듯한 눈빛으로 헤라클래스 대원들을 쳐다봤다.

남아공에 남아 있는 대원들도 여기 모인 대원들처럼 강해졌을 것이다.

어디에 내놔도 꿇리지 않는 50명, 그리고 미군 특수부대 출신의 용병 지원자 150명이 더해지면 헤라클래스는 얼마나 무서운 무장 단체가 될까.

상상하는 것만으로도 전율이 일었다.

'남아공을 넘어 아프리카 남부 전체에 영향력을 끼칠 수 있다.'

최치우는 한 치 앞을 장담하기 힘든 실전에 처했지만, 마음껏 빛나는 미래를 그렸다.

퓨처 모터스에서 연구 중인 자율 주행차를 아프리카 남부에서 실험해도 괜찮을 것 같았다.

자동차가 많이 안 다니는 아프리카의 도로는 최적의 실험 장소다.

이처럼 한국과 미국, 아프리카에 걸친 최치우의 비즈니스가 톱니바퀴처럼 착착 맞물리고 있었다.

지금은 시리아 동부에서 비밀 작전을 수행하고 있지만, 비즈니스와 무관한 일이 아니다.

여기서 어떤 결과를 내느냐에 따라 한국, 미국, 아프리카의 사업이 영향을 받게 돼 있다.

최치우는 전 세계를 종횡무진 누비며 각 지역에서 나비효과를 일으키고 있었다.

“언제 움직일까요, 사부?”

그때 리키의 물음이 상념을 일깨웠다.

최치우는 손목시계를 확인했다.

작전을 개시해도 되는 시간이 지났다.

안전 가옥 바깥은 어둠이 드리워져 캄캄할 것이다.

최치우는 리키와 20명의 대원들을 바라보며 낮은 목소리로 주의를 줬다.

“이번 작전의 키포인트는 미쓰릴 필드입니다. 오작동이 일어나도 당황하지 말 것, 미쓰릴 필드가 작동되면 매뉴얼대로 행동할 것.”

“예— 썰!”

“라져!”

리키와 대원들이 믿음직스럽게 대답했다.

최치우는 고개를 끄덕이며 지시를 이어갔다.

“두 가지만 주의하면 빠르고 은밀하게 작전을 완료할 수 있습니다. IS 서열 6위, 작전명 흰 수염을 사살하면 소형 카메라로 촬영. 이후 즉시 개별 철수해 동부 지역 탈출. 질문 있습니까?"

"없습니다. 퍼펙트!"

리키가 대원들을 대신해 대답했다.

사실 여러 번 숙지한 내용이라 이제 와서 의문이 발생할 지점은 거의 없다.

최치우는 대원들 한 명, 한 명과 눈을 맞췄다.

그는 헤라클래스 대원들에게 최고 수준의 대우를 해주고 있다.

충성심은 절대 공짜로 생기지 않는다.

물론 돈을 많이 준다고 충성심이 저절로 생기는 것은 아니다.

최치우는 대원들과 함께 레드 엑스를 격파하며 사선(死線)을 넘었다.

그때의 경험은 헤라클래스를 더욱 단단하게 만들었다.

시리아 동부는 IS가 장악한 위험지역이지만, 아프리카에서 게릴라 반군들과 살을 부딪치며 살아가는 헤라클래스에겐 딱히 특별할 것도 없다.

"작전 개시 3분 전."

최치우가 오더를 내렸다.

3분이 지나면 안전 가옥에서 뛰쳐나가 흰 수염의 은신처로 돌진해야 한다.

말로 표현할 수 없는 긴장감이 안전 가옥을 감쌌다.

'변수는 두 가지, 미쓰릴 필드의 오작동과 시간이다.'

최치우는 최악의 시나리오를 그리며 마음으로 대비를 했다.

소란이 발생하고, 흰 수염 사살에 오랜 시간이 걸리면 동부의 IS가 모조리 모여들 것이다.

그렇게 되면 아무리 헤라클래스라 해도 무사히 탈출하기 어려워진다.

결국 가능한 빠르고 정확하게 흰 수염을 죽여야 한다.

실전에서 처음 쓰는 미쓰릴 필드의 오작동 가능성도 신경이 쓰였다.

하지만 헤라클래스는 미쓰릴 필드가 무엇인지 알고, 실전에 쓸 수 있도록 오래 준비를 해왔다.

미쓰릴 필드의 존재조차 모르는 IS에 비해 훨씬 유리한 고지를 선점한 셈이다.

째각, 째각—

작전 개시를 앞두고 시곗바늘 소리가 유독 크게 들렸다.

그만큼 최치우의 감각이 예민해졌다는 뜻이다.

그는 단전의 내공을 전신으로 돌리며 힘을 폭발시킬 준비를 마쳤다.

이번에도 처음부터 전면에 나서진 않을 것이다.

레드 엑스 섬멸전처럼 전체 상황을 조율하며 지휘를 하는데 집중할 예정이었다.

그러나 미쓰릴 필드를 직접 시험해 보고 싶었다.

분명 최치우가 힘을 발휘할 수 있는 적당한 타이밍이 올 것 같았다.

"개시—!"

최치우의 입에서 명령이 떨어졌다.

헤라클래스 대원들은 작전 개시만 기다렸다는 듯 신속하게 움직였다.

안전 가옥에서 줄줄이 빠져나가는 모습이 마치 저승사자 같았다.

선봉에는 리키가 섰고, 최치우는 후방에서 대원들의 동선을 따라갔다.

이들리브의 밤은 어둡고 적막했다.

쉬쉭— 쉬쉬쉭—

대원들의 발자국 소리가 고요를 깨뜨리고 있었다.

머지않아 흰 수염의 은신처를 지키는 IS가 총을 쏠지 모른다.

최치우는 오랜만에 실전의 공기를 마시며 미소를 지었다.

'퓨처 모터스를 위해… 그리고 인류의 미래를 위해 곱게 죽어줘야겠어, 흰 수염.'

시리아 동부를 지배하는 IS 서열 6위, 그의 목숨이 경각에 달려 있었다.

11장

투신(鬪神)

'저격수다!'

어둠이 내려앉은 이들리브는 공포영화 배경처럼 캄캄하고 조용했다.

낯선 골목을 빠르게 질주하는 헤라클래스 대원들의 발자국 소리만 울리고 있었다.

그러나 최치우는 빛이 번쩍이기 전, 저격수의 기운을 감지했다.

흰 수염의 은신처 주위로 24시간 경계를 서는 저격수들이 포진돼 있는 것 같았다.

피슛—!

첫 번째 총알이 허공을 갈랐다.

최치우는 대원들에게 미리 주의를 주지 않았다.

어차피 간발의 차이였고, 괜히 신경을 분산시켜 더 큰 피해를 입을 수 있기 때문이다.

따다당!

다행히 저격수의 총격은 바닥을 때렸다.

아무리 훈련 된 스나이퍼라고 해도 야간 사격은 어렵다.

게다가 IS 대원이 적외선 감지기 같은 비싼 장비를 착용했을 리 없다.

저격이 빗나갔다고 해도 이상한 일이 아니었다.

파바바박—

반면 헤라클래스 대원들은 달랐다.

야간 전투에 필요한 적외선 고글을 착용했고, 첫 번째 총격 소리가 울리자마자 좌우로 퍼졌다.

어떤 방식으로 저격을 피하며 돌진하는지 누구보다 잘 알고 있었다.

대원들은 모두 중동에 뒤지지 않는 아프리카에서 밥 먹듯이 목숨을 걸어본 베테랑들이다.

후미에서 따라붙은 최치우는 미소를 지었다.

헤라클래스의 전투력은 지나치게 걱정할 정도는 아니었다.

'많이들 늘었어. 리키의 움직임도 좋군.'

최치우는 선봉장처럼 돌격하는 리키의 뒷모습을 주시했다.

평소에는 주의력 장애가 의심될 정도로 산만하지만, 싸움이 시작되면 무서운 집중력을 발휘하는 게 리키의 특징이다.

파이트 클럽에서도, 그리고 총격전에서도 마찬가지였다.

예전의 리키는 확실히 다듬어지지 않은 원석이었다.

하지만 헤라클래스를 이끄는 리더가 되면서 장족의 발전을 거듭했다.

대원들의 목숨을 책임지는 부담감이 리키에게 좋은 방향으로 작용한 셈이다.

피핏! 슈슈슉—!

연이어 총성이 울렸다.

소음기가 부착된 스나이핑 샷은 목적을 이루지 못했다.

좌우로 흩어진 헤라클래스 대원들은 저격 포인트를 쉽게 내주지 않았다.

그사이 흰 수염이 은신한 저택과의 거리는 50M로 좁아졌다.

척박한 시리아 동부에서 보기 드문 저택이다.

척— 처척—!

선두의 리키가 손짓으로 지시를 내렸다.

무전을 할 필요도 없었다.

수신호를 받은 헤라클래스 대원 5명이 다른 방향으로 움직이기 시작했다.

저택 외부의 저격수를 비롯해 추가 병력을 차단하려는 것이다.

철저한 훈련과 임기응변이 조화되어 헤라클래스가 현장을 지배했다.

위이이잉— 위이이잉!

그때 저택 내부에서 경보음이 울렸다.

이들리브의 고요가 깨지고, 건물 안에서 여러 명의 무장 병력이 뛰쳐나왔다.

헤라클래스의 침공이 외부 저격수를 넘어 저택 내부의 병력에게도 전해진 것이다.

'이제부터 시간 싸움!'

최치우는 입술을 깨물고 자세를 낮췄다.

30분이 지나면 동부 유전 접경 지역에서 대규모 지원 병력이 다다를 수 있다.

그 전에 흰 수염을 사살하고 이들리브에서 빠져나가는 게 중동 침투 작전의 미션이다.

'3… 2…….'

최치우는 속도를 내며 카운트다운을 시작했다.

저택 안에서 나온 IS의 무장 병력이 소총과 기관총을 발사하기 직전, 타이밍을 잡아야 한다.

'1, 바로 지금—!'

마음 속 카운트다운이 끝나자 앞서 달려가던 헤라클래스 대원들이 뭔가를 투척했다.

휘이잉— 투둑!

소형 폭탄 같은 게 저택 입구에 떨어졌다.

하지만 폭발은 일어나지 않았다.

혹시 수류탄이나 연막탄일까 봐 잠시 움찔했던 IS 병력은 더 이상 망설이지 않고 총을 난사했다.

두다다다다다!

지이이잉—!

그 순간, 믿기 힘든 일이 벌어졌다.

IS가 쏜 총알은 헤라클래스 대원들 쪽으로 날아오지 않았다.

대신 총기에서 폭발이 일어나며 IS 병력을 집어삼켰다.

퍼엉—! 퍼펴펑!

총을 쏜 IS 병력은 갑작스러운 폭발로 손목과 팔이 날아갔다.

다들 처참한 몰골로 비명을 지르면서 쓰러졌다.

순식간에 10명 가까운 무장 병력이 전투 불능 상태로 전락한 것이다.

"3분!"

뒤에서 최치우가 목소리를 높였다.

헤라클래스 대원들은 당황하지 않고 저택 가까이 바짝 붙었다.

대원들은 장착한 총을 꺼내지 않았다.

하나같이 허벅지에서 근접 전투용 단검을 잡았다.

앞으로 3분 동안 흰 수염의 저택에서는 총을 사용할 수 없다.

방아쇠를 당기면 방금 전처럼 폭발이 일어날 것이다.

멋모르고 총을 쏜 사람만 처참한 골로 간다.

최치우가 특별한 마법을 펼친 건 아니었다.

펜타곤에서 개발한 최신형 비밀 병기, 미쓰릴 필드의 위력이 세계 최초로 발현됐을 뿐이다.

'세 개 중 하나가 오작동이라……. 그래도 엄청난 위력이다.'

최치우는 대원들과 함께 저택 입구로 진입하며 내심 탄성을 터뜨렸다.

실전에서 처음 사용한 미쓰릴 필드의 위력은 혀를 내두를 정도였다.

미쓰릴은 오직 마나로만 제련할 수 있고, 그 외 모든 에너지를 튕겨내는 절대 금속이다.

그 성분을 연구해 개발한 미쓰릴 필드는 반경 100㎡ 이상의 공간에서 3분 동안 인위적 에너지의 작용을 차단시킨다.

미쓰릴 필드가 발동되면 총을 쏘는 건 자살행위다.

수류탄을 비롯한 폭탄도 필드 안에서는 무용지물이다.

'제대로 한 건 했군. 땡큐, 펜타곤.'

육체의 능력을 극한까지 끌어 올린 무공의 고수 최치우와 미쓰릴 필드의 궁합은 상상 이상이다.

펜타곤은 그들이 최치우에게 어떤 힘을 줬는지 모르고 있었다.

"전원 제압, 흰 수염을 찾으면 즉시 보고!"

최치우 대신 선봉의 리키가 지시를 내렸다.

저택 안에 들어온 헤라클래스 대원들은 대답 없이 또 다른 미쓰릴 필드를 던졌다.

투둑! 지이이이잉—!

2개의 미쓰릴 필드가 제대로 작동했다.

저택 내부에서 대기하고 있던 IS 병력은 우물쭈물거리다 총을 쐈다.

미쓰릴 필드에 대해서 아는 사람은 세계적으로 극소수다.

두두두두두!

퍼퍼펑! 퍼퍼퍼펑—

총을 쏘면 쏠수록 흰 수염의 호위 병력은 자멸할 수밖에 없었다.

총 대신 단검을 든 헤라클래스 대원들은 능숙하게 저택을 지배했다.

푸욱—!

단검이 IS 병력의 목덜미를 찌르는 소리가 여기저기서 울렸다.

헤라클래스는 부상을 입은 IS의 숨통을 정확하게 끊었다.

전쟁에서 자비를 베풀 수는 없다.

후환을 방지하기 위해, 그리고 미쓰릴 필드의 기밀을 유지하기 위해 모두 죽이는 게 최선이다.

눈 하나 깜빡하지 않고 IS 병력을 처리한 헤라클래스는 흰 수염을 찾았다.

“비밀 통로, 후문이다!”

누군가 다급히 외쳤다.

목소리가 너무 커 무전기를 착용한 귀가 울릴 정도였다.

흰 수염을 사살하지 못하면 작전은 실패다.

IS 서열 6위를 건드리고 죽이지도 못했으니 시리아 동부의 방어는 더욱 삼엄해질 것이다.

그 책임은 작전을 제안하고 수행한 최치우와 헤라클래스가 져야 한다.

최치우는 헤라클래스 대원이 발견한 비밀 통로를 찾았다.

저택 외부로 연결된 문이 보였고, 저만치서 힘겹게 뛰어가는 노인과 한 명의 남자가 보였다.

흰 수염과 마지막으로 남은 호위대가 분명하다.

'흰 수염이 이들레브의 골목으로 들어가면… 찾을 수 없다!'

최치우는 지체하지 않았다.

내공을 터뜨려 땅을 박찼다.

어차피 보는 눈은 헤라클래스 대원들밖에 없다.

그들은 이미 레드 엑스 섬멸전에서 최치우의 본모습을 약간이나마 지켜봤다.

파아앗—!

경공을 펼친 최치우의 몸이 순식간에 비밀 통로를 지나쳐 쏘아졌다.

궁신탄영(弓身彈影)의 경지가 시리아 동부에서 빛을 발했다.

쐐애애액!

화살처럼 날아간 최치우가 저택 뒤뜰을 가로질러 흰 수염의 뒷덜미를 낚아챘다.

그를 호위하던 젊은 IS 남자의 목덜미에는 이미 단검이 깊게 박혀 있었다.

"—!"

흰 수염은 알아들을 수 없는 아랍어로 소리를 질렀다.

최치우는 대꾸하지 않고 흰 수염의 얼굴을 확인했다.

까무잡잡한 얼굴에 검버섯이 피어 있고, 작전명처럼 하얀 턱수염이 길게 내려와 있었다.

겉모습만 봐서는 평범한 중동의 노인이다.

그러나 흰 수염의 지시로 죄 없이 죽은 시리아 사람만 9천명이 넘는다고 한다.

시리아 동부의 IS가 민간인 희생자 10,000명을 채우기 전에 최치우라는 이름의 사신(死神)이자 투신(鬪神)이 나타난 것이다.

딸칵!

최치우는 적외선 고글에 부착된 소형 카메라를 켰다.

흰 수염 사살 장면을 녹화해 펜타곤에 전달하기 위해서다.

"지옥에서 봅시다, 영감."

그가 짧은 인사를 건네고, 흰 수염의 목덜미를 잡은 두 손에 힘을 줬다.

우드득—

이윽고 기괴한 소리가 울리며 흰 수염의 목이 완전히 꺾였다.

목뼈가 부러진 흰 수염은 바람 빠진 풍선처럼 축 늘어졌다.

군더더기 없는 즉사.

최치우는 다시 소형 카메라를 끄고 몸을 돌렸다.

IS의 지원 병력이 도착하기 전에 이들리브를 빠져나가야 한다.

최치우는 대원들이 기다리는 저택으로 돌아가며 미소를 지었다.

탈출이라는 고비가 남았지만, 중동 침투 작전을 성공적으로 완수했다.

세계 최강이라는 미군 특수부대도 선불리 시도하지 못한 작전이었다.

흰 수염의 시체가 싸늘하게 식어가는 만큼 최치우의 피는 뜨겁게 데워졌다.

그는 어느 차원에서건 싸우기 위해 태어난, 싸움에 있어서는 패배를 모르는 인간이었다.

*　　　　*　　　　*

"투입 인원 22명, 사상자 0명, IS 서열 6위 흰 수염 및 무장 병력 17명 사살……. 이게 말이 되는 전공이라고 생각하나?"

펜타곤을 이끄는 루이스 고어 장관이 손가락으로 탁자를 두드리며 말했다.

역대 최장수 국방부 장관 자리를 노리는 전쟁 영웅도 납득하기 힘든 성과였다.

그의 맞은편에는 최치우가 앉아 있었다.

"중동 침투 작전 자체가 말이 안 되는 것입니다. 하지만 장관님은 승인을 해주셨고, 헤라클래스는 펜타곤의 믿음에 보답했습니다. 그뿐입니다."

"미쓰릴 필드의 영향이 있었겠지만, 우리 특수 여단을 투입해도 성공을 장담하기 힘든 작전을……. 올림푸스는 헤라클래스로 무슨 일을 하려는 것인가?"

"아프리카에서 어깨에 힘이나 주려는 겁니다. 어차피 미국의 관심 지역은 아니지 않습니까."

"그것 참, 계산이 안 나오는 인물이로군. 우리와 한배를 타고 있지만… 자네의 행보는 워싱턴에서도 주의 깊게 지켜본다는 사실을 명심하게."

루이스 고어는 백악관이 최치우를 주목하고 있음을 알려줬다.

그리 놀라운 일은 아니다.

최치우가 움직일 때마다 전 세계가 들썩이고, 수면 아래에서 벌어지는 사건의 영향은 더더욱 크기 때문이다.

"미쓰릴 필드는 훌륭했습니다. 5개를 사용해 오작동은 단 1개. 예상했던 50%보다 훨씬 낮은 20%의 불량이어서 작전을 수행하는 데 큰 도움이 됐습니다."

"이번에 소모한 5개는 다시 지급하도록 하지. 헤라클래스가 미쓰릴 필드의 테스터 역할을 하게 됐으니."

"다른 약속도 지켜주실 거라 믿겠습니다."

"군인은 한 입으로 두말하는 법이 없다네."

루이스 고어가 진지한 얼굴로 말했다.

그는 군인이라는데 엄청난 자부심을 느끼는 사람이다.

자기 입으로 뱉은 말은 어떻게든 책임지려 들 것이다.

언젠가는 올림푸스와 펜타곤도 등을 돌릴 수 있다.

최치우는 그때가 오면 루이스 고어 같은 인물이 상당히 피곤한 적수가 될 거라 생각했다.

"그럼 일어나겠습니다."

"조만간… 소식을 보내지."

"기대하죠."

루이스 고어에게 등을 보이고 돌아선 최치우는 터져 나오는 웃음을 참았다.

펜타곤의 최신 무기, 그리고 미군 특수부대 출신의 용병 지원자 150명을 얻게 됐다.

헤라클래스는 아프리카 남부 최강의 무장 단체로 압도적 입지를 굳힐 것이다.

뿐만 아니라 루이스 고어는 퓨처 모터스를 위해 막강한 정치력을 발휘하기로 했다.

미국 정부의 구제금융을 둘러싼 로비 전쟁에서 최치우가 천군만마를 불러온 셈이다.

최치우는 피가 튀는 싸움뿐 아니라 금력과 권력으로 승부하는 싸움에도 완전히 눈을 떴다.

올림푸스의 주인은 계산기만 잘 두드리는 경영인이 아니다.

이제껏 세상이 경험한 적 없는 투신이 올림푸스 군단을 지휘하고 있었다.

*　　　*　　　*

—긴급 속보입니다. 시리아 동부 유전 지대에서 IS 서열 6위 흰 수염이 사망했습니다. IS는 이를 서방 세력의 암살이라 규정하고 복수를 다짐하는 성명을 발표했습니다. 그러나 미국과 러시아 모두 흰 수염 사망에 개입하지 않았다는 논평을 내놓았습니다. 미군의 지원을 받는 국제동맹군은 흰 수염 사망을 계기로 동부 유전 지대 탈환 작전을 벌일 예정입니다. 이 영향으로 국제 유가가 지속적으로 하락세에 접어들 전망입니다. 자세한 소식, MBS 김기환 기자가 전하겠습니다.

공중파 방송국 9시 뉴스의 앵커가 진지한 얼굴로 소식을 전했다.

흰 수염이 죽었다는 뉴스는 곧바로 알려지지 않았다.

최치우가 한국으로 돌아온 다음 IS의 성명을 통해 사망 사실이 드러났다.

물론 미군이 개입하지 않았다는 말은 거짓이었다.

최치우와 헤라클래스는 미군의 지원을 톡톡히 받았다.

하지만 거기까지다.

미군에서 직접 시리아 동부로 병력을 보내진 않았다.

만약 작전이 실패했다면, 헤라클래스는 미군과의 연관성을 인정받지 못한 채 버려졌을 것이다.

러시아에서 촉수를 세웠지만 별다른 증거를 발견하긴 어려웠다.

펜타곤은 흰 수염의 죽음을 IS 내부의 권력 다툼으로 교묘히 포장했다.

러시아 정보원들은 미심쩍어 했지만, 진실을 파헤칠 수 없었다.

최치우와 헤라클래스는 어떤 흔적도 남겨놓지 않았다.

더구나 흰 수염이 죽으면서 시리아 동부의 IS는 오합지졸처럼 흩어졌다.

국제동맹군은 기다렸다는 듯 그 틈을 노려 유전 지대 탈환 작전을 실시했다.

결과적으로 가장 이득을 본 것은 미국과 시리아 내부의 친미파다.

IS는 최악의 상황에 처했고, 러시아와 시리아 정부군 또한 닭 쫓던 개 신세가 됐다.

최치우와 리키, 그리고 고작 20명의 헤라클래스 대원들이 국제적인 분쟁 지역의 정세를 바꾼 셈이다.

중동의 분위기는 전 세계에 영향을 끼친다.

최치우는 컴퓨터 모니터로 굵직한 오일 뱅크의 주식을 확인했다.

에릭 한센이 투자한 오일 뱅크의 주가도 하락했다.

시리아 동부 유전 지대가 안정을 찾으면 하락폭은 더욱 커질 것이다.

사실 중동 정세를 변화시켜서 석유 회사의 주식을 떨어뜨리겠다는 생각은 누구도 할 수 없다.

상상하는 것 자체가 불가능한 영역이다.

그러나 최치우는 한계를 설정하지 않고 모든 가능성을 검토한다.

상식이라는 이름의 한계를 따르지 않는 게 그의 무기다.

삐빅—!

최치우는 TV와 모니터 화면을 동시에 껐다.

기분 좋은 뉴스는 충분히 봤다.

조만간 미국에서 더 기쁜 소식이 날아올지 모른다.

브라이언의 퓨처 모터스 정상화 작업은 순조롭게 진행 중이고, 미국 정부의 구제금융 심사도 결과 발표만 남겨두고 있었다.

"게임이 점점 재밌어지는데……."

최치우가 혼잣말을 읊조리며 싸늘한 미소를 지었다.

석유 패권의 목을 조르는 것은 이제부터 시작이다.

네오메이슨은 석유 말고도 다른 패권을 추구하고 있을 게 분명하다.

최치우는 그들의 실체를 파악해 하나하나 남김없이 부숴 버릴 것이다.

T 모터스의 화재가 오히려 최치우에게는 전화위복이 됐다.

덕분에 세계 최고의 전기회사를 인수했고, 네오메이슨의 실체를 알아냈다.

전기차 시대를 막기 위한 불길은 최치우 안의 투신을 일깨웠다.

24살의 가을을 맞이한 최치우는 마르지 않는 열정과 에너지로 세계와 맞서 싸우고 있었다.

*　　　　*　　　　*

광명에서는 공사가 한창이었다.

도시 재개발 지역에는 대단지 아파트들이 들어서고 있었고, 노후 건물을 철거하는 작업도 계속 이어졌다.

서울은 이미 포화 상태다.

수도권의 뉴타운 사업이 제대로 성공해야 서울도 살고, 나라가 산다.

광명 뉴타운은 수도권 개발 사업의 선봉이다.

그렇기에 각계각층에서 거는 기대가 적지 않았다.

올림푸스도 광명 뉴타운 사업의 한 축을 담당하고 있었다.

소울 스톤 발전소 건립으로 뉴타운의 에너지를 책임지게 된 것이다.

최치우는 부지와 비용을 정부에서 보전받고, 향후 20년의 운영권을 따냈다.

발전소가 무사히 돌아가면 매 년 7,000억 원 가량의 이익을 무려 20년 동안 얻을 수 있다.

소울 스톤 하나로 황금알을 낳는 거위를 만든 셈이었다.

"공사 일정은 차질 없이 진행되고 있습니까?"

"네, 기한을 맞추기 위해 최선을 다하고 있습니다."

최치우는 발전소 공사 현장을 둘러보고 있었다.

그의 옆에는 환경부 1급 공무원이 따라붙어 실시간 브리핑을 했다.

소울 스톤 발전소는 유영조 대통령의 친환경 대체에너지 공약을 상징하는 결실이다.

그렇기에 환경부에서도 고위 공무원을 보내 신경을 쓰고 있었다.

1급 공무원이면 관료 사회에서 나는 새도 떨어뜨리는 사람이다.

하지만 최치우 앞에서는 온순한 양이 따로 없었다.

장관을 비롯해 환경부 전체의 최대 관심 사업이 소울 스톤 발전소 건립이다.

발전소가 세워져 에너지를 생산하기 시작하면 환경부 내부에서는 승진 잔치가 벌어질 수 있다.

1급 공무원도 차관으로 발탁될지 모른다.

당연히 이 모든 프로젝트의 주관자인 최치우에게 잘 보이려 노력할 수밖에 없었다.

"데드라인을 지키는 것도 중요하지만, 연구진에서 요구한 내구성을 갖추는 게 훨씬 더 중요합니다."

최치우는 현장 구석구석을 매의 눈으로 지켜보며 말했다.

샐러맨더의 소울 스톤은 어마어마한 열기를 발산한다.

보통의 열병합발전소 내구력으로는 버티기 힘든 에너지다.

그래서 부자재 선정부터 설계까지 몇 배 꼼꼼하게 공을 들였다.

최치우의 우려를 환경부에서도 잘 알고 있었다.

세계의 이목이 소울 스톤 발전소에 집중될 것이다.

만약 설립 이후 가동에 문제가 생기면 한국 정부의 신뢰도는 타격을 입는다.

대통령과 환경부 장관까지 책임을 져야 할 문제다.

그러나 다행인 점도 있었다.

보통 정부에서 주도하는 공사는 관련 부처와 정치인들의 입김이 거세다.

정작 현장에서 실무를 하는 공무원들이 이리저리 눈치를 봐야 하는 경우가 많다.

지역구 국회의원이 관심을 끌기 위해 이슈라도 하나 터뜨리면 골치가 아파진다.

공사 기한도 무조건 원안대로 맞추라고 윽박지를 때가 있다.

그렇기 때문에 부실 공사나 날림 공사 문제가 종종 터지는 것이다.

하지만 소울 스톤 발전소 공사는 달랐다.

국민들의 절대적 지지를 받는 최치우가 공사의 총 책임자다.

광명시장을 비롯해 지역구 국회의원, 타 부처 장관 등 쟁쟁한 참견꾼들도 감히 끼어들 엄두를 못 냈다.

올림푸스와 마찰을 일으키면 국민 여론이 들고 일어날 게 뻔하기 때문이다.

게다가 최치우는 유영조 대통령과 우호적인 관계로 정계에 소문이 나 있다.

간이 배 밖으로 나오지 않았다면, 최치우가 주도하는 발전소 공사에 감 놔라 배 놔라 목소리를 높이기 어렵다.

덕분에 현장의 공무원들은 무척 편한 환경에서 일에만 집중할 수 있었다.

"미래 에너지 탐사대의 규격과 부자재 기준을 준수하는 것을 현장 최우선 과제로 삼았습니다. 제가 수시로 들여다보며 챙기겠습니다, 대표님."

"감사합니다. 명함 하나 부탁드릴게요."

"아, 네! 여기 있습니다!"

최치우가 명함을 요구하자 1급 공무원이 화들짝 놀랐다.

곧이어 그는 기쁨을 감추지 못하고 명함을 건넸다.

나이와 경력 따위는 전혀 중요하지 않았다.

최치우는 대한민국을 움직일 수 있는 사람이다.

그에게 인상을 남겨 명함까지 건네줬다는 것은 엄청난 호재였다.

혹시 최치우가 대통령 혹은 장관과 대화를 나눌 때 1급 공무원의 이름을 긍정적으로 언급할 수도 있다.

"잠시 혼자 주변을 돌아보겠습니다."

"그럼 저는 사무실에서 기다리고 있겠습니다."

명함을 받은 최치우는 공사 현장 뒤쪽으로 걸음을 옮겼다.

넘치도록 충분한 브리핑을 받아 더 궁금한 점은 없었다.

그저 세계 최초의 소울 스톤 발전소가 건설되는 현장에서 생각을 정리하고 싶었다.

'내년 이맘때면 발전소가 완공되겠지. 아도니스의 소울 스톤은 조금 천천히 개발해도 늦지 않겠어.'

최치우는 최상급 물의 정령, 아도니스의 소울 스톤을 떠올렸다.

담고 있는 에너지 자체는 아도니스의 소울 스톤이 샐러맨더보다 윗줄이다.

최상급과 상급 정령의 차이점은 분명하게 나타났다.

차이점은 그뿐이 아니었다.

에너지를 추출하는 방식도 다른 각도에서 접근해야 한다.

샐러맨더의 소울 스톤을 놓고 실험할 때는 화력 발전 원리를 따랐다.

그렇다면 아도니스의 소울 스톤은 수력 발전 원리로 실험하는 게 타당한 결론이다.

그러나 김도현 교수와 미래 에너지 탐사대는 아직 뚜렷한 방향성을 못 찾고 있었다.

샐러맨더의 소울 스톤처럼 고강도 레이저로 코어를 자극하는 실험을 할지, 아니면 다른 실험 방식을 찾을지 연구 중이다.

최치우는 소울 스톤 연구에 관해서는 모든 권한을 김도현 교수에게 맡겼다.

최종 결정만 최치우가 내릴 뿐, 최고의 학자들에게 자율권을 주는 게 R&D의 기본이다.

"해답을 찾겠지, 교수님이라면."

최치우는 김도현을 마음 깊이 믿었다.

한편으로는 부담도 적지 않았다.

정령왕이 찾아갈 거라는 아도니스의 경고가 시시때때로 귓가를 울렸다.

현실에서는 세계의 패권을 잡고 있는 네오메이슨과 싸워야 한다.

그게 끝이 아니다.

초자연적 현상을 일으키는 정령들과도 싸울 수밖에 없는 운명이 되었다.

현실과 초현실의 지배자들이 모두 최치우의 적이다.

누구에게 속 시원히 터놓기도 힘들다.

그럼에도 불구하고 혼자 감당하며 고독한 길을 걸어야 한다.

"어차피 이보다 덜 외로웠던 적은 한 번도 없었어. 여기서 엄살을 떨면 불멸의 전사가 아니지."

최치우는 피식 웃으며 부담을 날려 버렸다.

그는 늘 고독한 싸움을 해왔다.

현대에서는 가족과 동료들이 생겼고, 많은 사람들의 응원을 받게 됐다.

이만하면 아무리 무거운 왕관도 기꺼이 버틸 수 있는 상황이다.

특히 다른 차원에서 최치우는 파괴의 화신이었다.

더 많이 죽이고, 더 많이 부수면서 최고의 자리까지 올라갔다.

하지만 현대에서는 세상을 바꾸고, 인류의 미래를 살리는 싸움을 하고 있다.

물론 사람을 죽이기도 하지만, 싸움의 목적 자체가 완전히 달랐다.

똑같이 부와 명예를 누리더라도 자부심이 남다를 수밖에 없었다.

우우우우웅—

최치우가 이런저런 생각을 거듭하는 와중에 스마트폰이 진동을 토해냈다.

주머니에서 전화기를 꺼낸 최치우가 의아한 표정을 지었다.

전혀 모르는 번호, 그것도 국제전화가 왔기 때문이다.

"헬로."

최치우는 자연스레 영어로 대답했다.

그러자 수화기 너머에서 낯설지만은 않은 음성이 들려왔다.

—대표님, 브라이언입니다.

"브라이언? 이 번호는 뭐죠?"

—새롭게 출발하는 의미에서 전화기도, 번호도 바꿨습니다.

T 모터스 오너에서 이제는 퓨처 모터스의 기술 개발을 책임지게 된 브라이언 머스크였다.

최치우는 세계 최고의 전기차 엔지니어를 올림푸스라는 울타리 안으로 품었다.

네오메이슨에 의해 상처를 입고 나락으로 떨어질 뻔했던 브라이언도 최치우를 만나 두 번째 기회를 잡았다.

"그런데 무슨 일입니까? 실리콘밸리는 늦은 밤일 텐데."

—방금 실사 평가단으로부터 좋은 소식을 들었습니다.

최치우가 귀를 세웠다.

미국 정부에서 파견한 실사 평가단이 며칠 전 퓨처 모터스 공장을 확인하고 돌아갔다.

화재 사건 이후 퓨처 모터스의 상태를 점검한 것이다.

올림푸스의 자금을 지원받은 브라이언은 만반의 준비를 갖춰놓았다.

최치우의 조언대로 직원들을 먼저 복귀시켰고, 공장 역시 화재의 흔적을 씻어내고 착실히 복구하는 중이었다.

"뭐라고 하던가요?"

—공식 발표는 아니지만… 구제금융이 정상적으로 집행될 것 같다고 했습니다. 실사 평가 점수가 무척 높게 나온 덕분입니다. 대표님께서 연구 인력을 먼저 복귀시키라고 했는데, 그게 주효했던 것 같습니다.

최치우는 폰을 잡지 않은 다른 한 손으로 주먹을 꽉 쥐었다.

구제금융이 집행되면 퓨처 모터스는 한층 빨리 회복할 것이다.

"끝까지 방심하지 말고 지켜봅시다."

—네, 대표님!

최치우는 기쁨을 억누르고 차분하게 말했다.

이제 네오메이슨이 결과를 바꾸지 못하게 감시하면 된다.

평가 결과가 나온 이상, 로비의 달인이라 해도 함부로 장난을 치긴 힘들 것이다.

—더 좋은 소식으로 다시 전화드리겠습니다. 모두 대표님 덕분입니다.

브라이언이 우렁차게 말했다.

최치우는 가만히 서서 미소를 지었다.

퓨처 모터스가 정상화되면 머지않아 벤츠, BMW, 아우디를 이기는 날이 올지도 모른다.

우선 국내 1위이자 세계 5위인 현기 자동차부터 이길 것이다.

올림푸스의 전선은 넓어지겠지만, 새로운 싸움은 최치우를 흥분시키는 자극제다.

소울 스톤 발전소 현장에서 최치우는 더 큰 꿈을 꾸고 있었다.

『7번째 환생』 7권에 계속…